蒋勋 著

岁月，莫不静好

化学工业出版社

·北京·

二○二○年，对许多人都是艰难的一年吧。

《岁月静好》出书之后，没有想到

记得二○一九年，我还在济南，

舍利塔。西湖一片初冬的萧瑟平

经》美丽的句子"莫不静好"。

两千年前，诗歌咏唱的生活日常

"莫不静好"，这样平凡的祈愿，

惊慌，平静水面下隐藏着多少惊

在西湖泛舟的时候，优哉游哉

我们庆幸的"静好"，要有多么庆

回台湾，读到消息，武汉大疫

出的朋友。

岛屿人人自危，都戴起了口罩。

我们的惊慌常常是感觉到"疫区

二○二○年一月回到伦敦，二月

世界省流行疫病在蔓延。

原来计划二月底到比利时根特看

什（Pina Bausch）早期舞作《蓝

我们总是有很多计划，每一项都

然后，新冠肺炎在欧洲暴发。

意大利一日的死亡人数破千的时候

国与国是人类划分的界线，国界严谨，其实挡不住天灾，也挡不住传染病。地震引起的

曾经重创千里外的异国，日本福岛的核灾辐射也穿越国界四处蔓延。

人类的"国界"能够防守什么？

二○二○年的三月九日，我从伦敦落荒而逃。

原繁体版书名：岁月，莫不静好，作者：蒋勋
ISBN：978-957-13-9649-1
本著作物经北京时代墨客文化传媒有限公司代理，由作者蒋勋独家授权化学工业出版社，在中国大陆出版、发行中文简体字版本。
音频内容由趋势教育基金会及中广制作提供。
未经许可，不得以任何方式复制或抄袭本书的任何部分，违者必究。

北京市版权局著作权合同登记号：01-2022-2320

图书在版编目（CIP）数据

岁月，莫不静好 / 蒋勋著.—北京：化学工业出版社，2022.8
ISBN 978-7-122-41384-0

Ⅰ.①岁…　Ⅱ.①蒋…　Ⅲ.①散文集—中国—当代
Ⅳ.①I267

中国版本图书馆CIP数据核字（2022）第079190号

责任编辑：郑叶琳
文字编辑：张焕强
责任校对：杜杏然
装帧设计：尹琳琳

出版发行：化学工业出版社
（北京市东城区青年湖南街13号　邮政编码100011）
印　　装：盛大（天津）印刷有限公司
880mm×1230mm　1/32　印张8　字数155千字
2023年1月北京第1版第1次印刷

购书咨询：010-64518888
售后服务：010-64518899
网　　址：http://www.cip.com.cn
凡购买本书，如有缺损质量问题，本社销售中心负责调换。

定　　价：48.00元　　　版权所有　违者必究

二○二○年，对许多人都是艰难的一年吧。

《岁月静好》出书之后，没有想到，全世界陆续陷入新冠大疫的蔓延。

记得二○一九年，我还在济南，去了青州看北齐窖藏佛像，去了杭州，再次拜谒弘一大师舍利塔。西湖一片初冬的萧瑟平静，走过断桥，望着湖边孤山上冷峭的保俶塔，想着《诗经》美丽的句子"莫不静好"。

两千年前，诗歌咏唱的生活日常，是用"静"来形容"好"。

"莫不静好"，这样平凡的祈愿，或许是因为日子里潜伏着多少动乱不安，潜伏着多少顷簸的惊慌，平静水面下隐藏着多少惊涛骇浪、狂风暴雨的下一刻。

在西湖泛舟的时候，优哉游哉，其实，武又已经大疫流行了。

我们庆幸的"静好"，要有多么虔敬的谨慎。

回台湾，读到消息，武汉大疫，庆幸自己离开了"疫区"，心中也惦记着还在"疫区"巡回演出的朋友。

岛屿人人自危，都戴起了口罩。

我们的惊慌常常是感觉到"疫区很近"，

电视上看着意大利疫病死亡的尸体，一车一车通过街道，即便至亲如夫妻母子兄弟姐...

都不能靠近。

托斯卡纳（Toscana）的居民打...

台边，含泪送别，一条街响彻...

凄怆而嘹亮，我仿佛感觉到"革...

路陪伴叮咛逝者，有这么多说...

叹。

取消了所有原定的计划，回到...

疫情与自己无关的奥国，很快卷入...

在回台湾隔离的两星期间，每天...

字、画画，庆幸自己还有很多喜欢...

窗外一条大河，潮来潮去，日升月...

的句子"莫不静好"。

要有多么虔敬的珍惜，才会感谢...

里，无嗔嚎，无恐惧的"静好"...

大河潮汐涨退，日月星辰流转，...

羽毛的麻雀；看到这一个春天新...

叶，细雨霏霏，已是春分时节。

跟自己在一起，可以这样奢侈，...

潮水涌来的澎湃，听汐止回旋...

一点一点退去。河的对岸是大屯...

总是想逃离，离"疫区"愈远愈安心。

二〇二〇年一月飞到伦敦，二月又去了南非，在野生动物保护区里，优哉游哉，几乎忘了世界有流行疫病在蔓延。

原来计划二月底到比利时根特看难得一见的扬·凡·艾克（Jan van Eyck）大展，三月至巴黎看皮娜·鲍什（Pina Bausch）早期舞作《蓝胡子》，也约了朋友去意大利"脚后跟"的海边度假。

我们总是有很多计划，每一项都重要，每一项错过了都遗憾。

然后，新冠肺炎在欧洲暴发。

意大利一日的死亡人数破千的时候，英国还很不在意，觉得"疫区"在别国，与自己无关。

国与国是人类划分的界线，国界严谨，其实挡不住天灾，也挡不住传染病。地震引起的海啸曾经重创千里外的异国，日本福岛的核灾辐射也穿越国界四处蔓延。

人类的"国界"能够防守什么？

二〇二〇年的三月九日，我从伦敦落荒而逃。

电视上看着意大利疫病死亡的尸体，一车...

原来唉声叹息的遗憾并不遗憾，原来隔离也不是隔离，节气岁月迭次而来，我们并没有...

什么，并没有错过"莫不静好"的每一个日子。

隔离，有时候是离开城市，离开自己习以为常的环境。

芒种到小暑，在知本乐山听整片大山刚刚嘶叫起来的今年的初蝉；大暑过了，立秋到处...

一车通过街道，即使至亲如夫妻母子兄弟姐妹，都不能靠近。

托斯卡纳（Toscana）的居民打开窗户，或站在阳台边，含泪送别，一条街咏唱起安魂的歌声，凄怆而嘹亮，我仿佛感觉到"幸存者"的悲哀，要一路陪伴叮咛逝者，有这么多说不完道不尽的咏叹。

取消了所有原定的计划，回到台湾。原来觉得疫情与自己无关的英国，很快卷入，伦敦封城。

在回台湾隔离的两星期间，每天诵经、读书、写字、画画，庆幸自己还有很多喜欢做的事陪伴；庆幸窗外一条大河，潮来潮去，日升月恒，又想到《诗经》的句子"莫不静好"。

要有多么虔敬的珍惜，才会感谢此时此刻平常生活里，无惊慌、无恐惧的"静好"。

大河潮汐涨退，日月星辰流转，窗前榕树上整理羽毛的麻雀；看到这一个春天新冒出来的翠绿嫩叶，细雨霏霏，已是春分时节。可以这样孤独，跟自己在一起；可以这样奢侈，看流水汤汤，听潮水涌来的澎湃，听汐止回旋，在沙岸泥泞间一点一点退去。河的对岸是大屯山，春分的云岚变灭也都看到了，原来隔离也可以看到很多，原来唉声叹息的遗憾并不遗憾，原来隔离也不是隔离。节气岁月迭次而来，我们并没有错过什么，并没有错过"莫不静好"的每一个日子。

隔离，有时候是离开城市，离开自己习以为常的环境。

芒种到小暑，在知本乐山听整片大山刚刚嘶叫起来的今年的初蝉；大暑过了，立秋到处暑，在长滨金刚山下眺望太平洋重重大浪；白露到霜降，纵谷的田野由浓绿开始结穗，一直到收割前灿烂的金黄。

霜降到冬至，纵谷农忙过后，土地庙前坐着无事的老人，点头寒暄，问你："从哪里来？"

我们并没有隔离，仍然日复一日，和大山在一起，和长河在一起，和季节一起感觉荣枯风雨；和日月一起晨兴夜宿，和云一起舒卷徜徉，和大地在一起，承载喜乐，也承载忧愁，承载欢欣，也承载伤痛。

我们一直相信疫病会过去，一个月，两个月，四个月，半年，九个月……

我是不是对时间也有傲慢？亘古之初，人

类何曾定位天上星辰的位置？何曾决定任何一颗星球运转的规则？

我们急躁，然而一颗星球可以用一亿年做计算的周期。

"岁月，莫不静好"，我还有多久要和疫病在一起，做更谦卑的功课。

二〇二一年霜降前二日

芒种 001

清平乐 002

天地云岚 005

云花如锦 006

黄槿 009

花影扫不去 010

肉身如此 013

金急雨 014

夏至 017

穗花棋盘脚 018

落花 021

大和小 022

小暑 025

台湾白斑凤蝶 026

鸟的五线谱 029

使君子 030

地藏王 033

飘香藤 034

玉兰花 037

海岸山脉 038

大音希声 040

扶桑 042

大暑 045

马鞍藤 046

敬慎因果 049

夜鹭 050

百芨与白及 052

蜻蜓 054

地质公园 057

白水木 058

立秋 061

鹿野 062

缅栀花 067

琼花 068

照片 073

无罣碍 076

蝉声 079

秋江 080

处暑 083

紫 084

笋 086

透润的青 089

韭兰 090

洪荒 092

吉拉米代 094

白露 097

祝福 098

茄冬子 100

青 103

知本卡大地布 106

可以不要再砍树了吗？ 111

谛听 112

爱缘不断 115

新叶 116

一树如佛 119

带你看壮丽风景 120

秋分 123

少年时读着
哭过的童话 124

定光 127

海港 130

《弃猫》 135

斑鸠 138

橙黄绯红 143

淡远 146

寒露 149

含笑 150

血桐 153

韭菜酱 156

入秋 160

多事 163

想跟你说 164

自画像 166

桂花 169

桑布伊 170

钳 172

霜降 175

七等生 176

相思 179

印记 180

秋浦 183

画山水 184

月光 187

青葙 188

立冬 191

雨过天青 192

黄金稻穗 195

忍冬 196

洛神花 199

育生与小雪 200

山川无恙 203

小雪 207

佛堂 208

秋色连波 211

车站 212

风吹草偃 217

大邓伯 220

大雪 225

清水断崖 226

我还有泪 229

山静云闲 230

相忘于江湖 232

冬至 235

善念 236

天地无私 239

停船暂借问 240

山茶 242

目
录

芒种

清平乐
二〇二〇年六月四日

时晴时雨，春夏之交，马上就是芒种了。大观园中的少女要跟春天花神告别了。

遵医师嘱咐出外走路，撑了伞，听伞上叮咚雨声。路边有海檬果花，白色花蕾，被雨洗涤，特别洁净。

卧病时看连续剧《清平乐》，没有在意剧情，却是感慨宋仁宗这样一个执政者，在数十年间创造了十一世纪全世界最优雅的文明。

时代清平，还从执政的心念开始吧。心念乱，时局就乱；心念坏，时局也坏。

仁宗是少有心念清平的执政者，只要看他执政时拔擢的人才就知道：晏殊、范仲淹、韩琦、欧阳修、苏轼……

唐宋八大家，竟有六家出现在宋仁宗朝。

一个时代过去一千年，仍有这么多令人景慕怀念的人物风范，和平、清平，"为万世开太平"，谈何容易。

"强大"，常常是比武力军事；"强大"，也可以是赞颂人文的清平吗？

004

天地云岚

二〇二〇年六月六日

　　忙完池上谷仓台静农老师纪念展，卧病在家静养一周，随意浏览手机里最后离开东部前一天看到的云。

　　云从山壑低处沿着棱线向山峰高处攀爬。山脉广大厚实，像盘古在远远的神话时代倒下来不再动的躯体。倒下来了，左眼为日，右眼为月，骨骼都成坚硬耸峻孤傲的高山，肌肉化作广阔田野土壤，血脉流成滔滔奔去四方的江河溪川，毛发蔓延成森林草原。

　　在盘古倒下的故事，我总觉得想要添加一个结尾，他最后呼吸的一口气，化作了一缕一缕云岚，努力沿着山坡往上攀爬，一直高高升上了天空。

　　那时候，最后的呼吸，还会有人间的惦念吗？

　　那时候，高升在天上的云，还会想回头再看一眼自己躯体幻化的山河大地丛林草原吗？

　　从低卑处开始，因此总有低卑的挂念，飞升到天空的高度，也才还能回头看更广大更辽阔更纷纭的人世风景吧……

　　身体全都给出去了，剩下最后一口气，飞升成天空的云。

　　没有赞许，没有贬抑，没有爱，没有憎，没有眷恋，没有舍离，从低到高，云都在学习自由。

006

云花如锦

二〇二〇年六月八日

芒种后二日，月圆，云花如锦，朵朵皆好。

看大潮汹涌澎湃，细思因果。

入睡前读坤卦，六三变卦，阴变为阳，下艮上坤，山在地下，无锋芒尖峻，坤变卦成谦，六爻皆吉。

有时要感谢生命途中的"变卦"。

因为"变卦"，梦中犹惦记着月光云锦平坦。

云花如锦

008

黄槿
二〇二〇年六月十一日

芒种后五日，河边散步，黄槿盛放，浓紫蕊心，鹅黄花瓣如酒盏。满满一树的缤纷熠耀，灿烂辉煌。

黄槿原是海河交界的野生植物，耐寒、耐旱、耐盐碱、耐海风。惊风暴雨，大浪击打，都不会摧折。

一路走上去，许多虬老树干被大风吹倒，横斜着继续生长，如龙盘踞蜿蜒，姿态奇磔崚嶒，是岛屿原生不畏寒苦，也不畏炙晒酷热的生态。

感谢步道最初的规划者，保留着海河交界的原生景观。有一日可以让有心的后来者学习敬重自然生态吧，这是岛屿真正历史的原点，也是岛屿真正地理的原点。

花影扫不去

二〇二〇年六月十四日

　　即将夏至了，午寐醒来，看到帘幕上室外树影婆娑，恍惚如梦境。

　　"一切如梦幻泡影。"梦、幻、泡、影，有时候不是不真实，只是不长久。帘幕上的树影，随日西斜，很快也就消逝了。我们并不知道什么是长久，"花长好，月长圆，人长久"，也只是一厢情愿吧……然而手机里留下了那一刻的树影婆娑。

　　宋真德秀有诗句云："花影扫不去，草根锄复生。"我想他当时有心事，或者些微烦恼，扫除不去。

　　其实，一个黄昏，对着一窗树影参悟静坐，不多久，也就看到无一物的空白了。空白是帘幕，帘幕外应该已是暗夜了。

012

肉身如此

二〇二〇年六月十六日

还有五日夏至，酷热已如盛暑。河岸边不知为什么浮起许多白白的鱼尸，漂到泥滩，在浅水中浮荡回旋，肉身如此，好像茫然不知去处。

有鹭鸶低飞来啄食，也看到螃蟹趴在鱼尸身上。很快，这长长河岸漂浮的尸身也就要在生态循环中化解了吧！

卵生、胎生、湿生、化生、有色、无色……众生如此来，如此去，佛说灭度一切众生，又无有一众生得灭度。

天气太热，走了约三四公里，长长一条河岸都是鱼尸漂浮，空气里一阵一阵难忍的恶臭。死亡如此壮观，让我忽然仿佛又经历着印度恒河瓦拉那西岸边火葬场一具一具的尸体的臭，和热带花朵腐烂的腥呛的气味，伴着一声一声如泣如诉的经咒梵唱。

肉身以任何一种形式消亡逝去都不容易吧！

大河让我看这样壮观的死亡，无动于衷，使我震惊而后静默。所有生命琐琐碎碎的计较都可以化解了吧，难道还要带到来世再纠缠？

是的，实无一众生得灭度。

金急雨

二〇二〇年六月十九日

夏至前一日，金急雨盛开，金煌熠耀，明亮愉悦的色彩。

读《周易》坤卦六四爻："括囊，无咎无誉。"

"囊"是囊袋，中空容器。"括"有约束、封闭的意思。

帛书《周易》有"二三子"与孔子的问答，孔子解"括囊"是"缄小人之口"，"缄"也有"封"的意思。以前传统信封上印有某某人"缄"，也就是封信的人。

从"括囊"二字看，我觉得未必是"缄小人之口"。小人琐碎唠叨，固然可厌。然而，一个社会，只剩下了是非八卦弥漫，日日以此为乐，也许都该有反省。

汪元亨元曲里有八字："身重千金，舌缄三寸。"不重千金之身，不缄三寸之舌，不谨言，不慎行，大厄即在眼前吧。

还是来树下看花好，无咎无誉。

夏至

018

穗花棋盘脚

二〇二〇年六月二十三日

　　夏至，河岸边穗花棋盘脚开花了，一串一串，长达一两米，浅粉颤巍巍的蕊穗，随风飘荡，衬着艳蓝的天，有一种南国的姣美妩媚。

　　穗花气味芳香浓郁，引来许多蜂蝶围绕采蜜。这是热带的植物，花期短，必须在很短的时间内完成交配繁殖，不但香气招蜂引蝶，而且雄蕊、雌蕊外露，没有掩饰，让昆虫快速沾惹，达到交配目的。

　　大自然的性与生殖在炎热的季节特别欲望骚动，如一树高亢蝉声嘶鸣。

　　入夜时分，一串串的蕊花也像朵朵烟花绽放，引人赞叹。

　　穗花的确像烟花，灿烂熠耀，一闪即逝，大概一夜之后，地上就落满坠落凋零的花，慢慢粉红褪去，留下一片白絮绒球。

　　南国夏日，生命热烈短暂，原初的繁殖，直截了当，没有什么矜持忸怩。

落花

二〇二〇年七月二日

穗花棋盘脚招来了不少蜜蜂蝴蝶，也招来了不少过路游客停下来拍照赞叹。

花期很短，原来花蒂处已经结了长长一串果实。地面上留着很多落花，像夜空划过的陨星，陨落的时候还是这样灿烂绚丽，像盛大的烟火，一闪即逝。繁华所以令人惊动，成、住、坏、空，因为都已成追忆。

今日再读坤卦"六五"，"黄裳元吉"。"五"是爻卦的君位，乾卦的"九五"是"飞龙在天"，紧接着就是"亢龙有悔"。

乾坤并读，很喜欢坤的君位，"黄裳元吉"，不炫耀的土色，不争高位的下裳，所以"元吉"。这是《易经》里唯一的"元吉"，"元"，也就是守自己的本分吧……

今天清晨早课就专心看这些落花，绽放过，被赞叹过，陨落了，在风雨中化为尘泥。

大和小

二〇二〇年七月五日

天空的云像一朵盛放的花，在千里广袤的穹宇间展开。

庄子应该是常常看这样的云吧？可以幻想北方荒凉寒极大海的鱼，忽然想飞起来，就飞成翱翔天际的大鹏，飞向温暖明亮的南方，一飞就是六个月不停息。

同时他也不会忘了仔细看草木丛间飞着跳着的小生物——蜩或学鸠。

他说的伟大和渺小，都因为专注于自己的存在，所以有不可比较的庄严吧。

我喜欢读旧俄小说，一下笔就是数十万字或百万字，读《战争与和平》，读《卡拉马佐夫兄弟》，都会赞叹俄罗斯文学的磅礴大气。

我也喜欢鲁米的诗句，喜欢泰戈尔的《新月集》，喜欢唐人绝句和日本俳句，寥寥几个字说许多事。这么微小简单，但是什么也都说了。

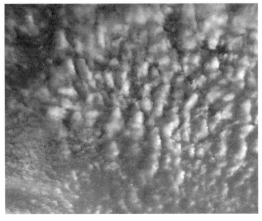

比较大小毕竟离真实的领悟还远吧！

有人问泰戈尔："什么事最容易？"他说："指责他人。"

有人问他："何事最难？"他回答："了解自己。"

有人问："何事最重要？"他说："爱。"

他的话语总是如此简单，如同他的心思。

急急惶惶终日指责他人，大约都因为找不到自己存在的意义吧！

看天空长云无边无际绽放，看一朵不起眼的小花绽放，大或小，都知道了解自己的存在。

不去比较褒贬、大小高低，安心做自己，会不会是不坠入自大无知的第一步？

小暑

026

台湾白斑凤蝶

二〇二〇年七月六日

在东部山里的仙丹花丛里看到美丽的台湾白斑凤蝶。

它在不同的花蕊上采蜜，像时尚高雅的女士，不经意的调情，姗姗来迟，款款而飞。它闪烁跳跃，不断移动，停留固定的时间很短，稍纵即逝，因此不容易拍到。

它对所有的花也都不留恋，点到为止。黑白对比，在浓艳的花丛间显得很醒目。有时候很难了解奥秘的生态，什么原因让一种昆虫选择了黑白的配色？

像计白以当黑的书法，像一局难分难解的围棋，像过时了的旧黑白照片，像梦中褪色的记忆，忽然飞来，叮咛满眼缤纷繁华，如一无言之偈，无所从来，亦无所去。

028

鸟的五线谱

二〇二〇年七月七日

那是几条电线，忽然飞来一只鸟，停在电线上，像原来无声的线谱上有了第一个想象。像空白画布上的第一个笔触，接下来，创作者有无限的空间，也有无限的时间。

坐在琴前的音乐家思索着，第一个手指按下了第一个琴键……

像是在音乐的谱线上出现的第一个音符，我开始想象这接下来会是谁的旋律，肖邦或是普罗科菲耶夫……

像萨蒂也好，宁静轻盈，或是拉赫玛尼诺夫，风狂雨骤……

使君子

二〇二〇年七月九日

　　开在东部寻常人家的使君子，像一丛丰沛灿烂的瀑布，一嘟噜一嘟噜，从上而下，姹紫嫣红里还夹着醒目的白，色相随时光流转幻化，早晚看到不同的繁华，使人痴迷，也使人领悟。

　　这是在富冈渔港一个小巷弄中的人家门前看到的，已是小暑过三日的黄昏了。

　　你要站在现场，才知道使君子的花，像一大片夏日的帘幕，如此澎湃。

032

地藏王
二〇二〇年七月十一日

　　清晨六时许，在清觉寺礼佛诵经。寺庙依山而建，非常寂静。没有游客，寺中僧尼也只见一二人。

　　大殿素朴，入门上联"清净即菩提，须知菩提本来净"，好像标示了寺庙的精神，没有太多喧闹奢华。寺院里都是有年月的樟树、玉兰、含笑、七里香，芬芳馥郁，空气清净平和，如佛说法。

　　大殿右侧有地藏王殿，殿后紧挨山岩，成群猕猴跳跃攀缘，也是嗔痴众生。有点醒的联语"大愿无边，因果辘辘，地狱空时证菩提"。

　　"菩提"是信仰的终极追求，"菩提"是"清净"，"菩提"也是地藏的"大愿无边"。

　　我进殿礼拜，地藏执锡杖而坐，金色身相，犹深深祈愿地狱能空，地狱不空，身相也就在地狱之中。

飘香藤

二○二○年七月十三日

东部飘香藤盛放了，一朵一朵酒红色的花蕾升向湛蓝天空，肆无忌惮，像晃漾着酒的醉意，邀夏日白云共饮时光灿烂。

飘香藤让我想起多年前在大肚山宿舍种植的一大片软枝黄蝉，每到盛夏也开得如火如荼，满满爬在四扇落地窗边，随日光摇曳，明亮悦目。

飘香藤的枝茎都像软枝黄蝉，听说也有红蝉，只是还没见过。

整片飘香藤有野艳狂烈的美，但细看单一一朵，花瓣从蓓蕾绽开，一片一片，秩序宛然，有极安静的纪律，让人想用细线工笔勾勒，加上红晕有层次的敷染，也很像唐人仕女画在脸颊上，仿佛酒晕酡红的彩妆。

036

玉兰花

二〇二〇年七月十五日

再过几日节气就到大暑了。

一个晚上断断续续有花香从窗外随风飘来。清晨起来，四处寻找，院子里果然有一株高大的玉兰。

象牙白的花朵，像佛手温柔手指，隐藏在绿叶间，若无其事，仿佛那盛夏暗夜的嗅觉飨宴都与它无关。

038

海岸山脉

二〇二〇年七月十六日

　　山的棱线起伏绵延，很美，上午东边的阳光也凸显了山的光影，但我还记得晚上蹲伏在天空下的大山像一头不安的、骚动的兽。

　　同样是海岸山脉，从海岸线这边看，棱线犬牙交错峻嶒，像是受大海挤压，陡峭险峻，也像是浪涛汹涌幻化成了大山，山峰站立起来，也像波浪滔天。

　　这几年多在纵谷看海岸山脉，比海岸线这边看要缓和柔美，没有海岸这边看时叛逆挤压的霸悍强烈。风景有时像人，也有人的狂野不驯或平和温驯的差别。

　　在纵谷住久了，习惯悠闲缓慢，总是不疾不徐。来到海边，耳边总是大海的澎轰，节奏如鼓，撼动心魂，脉搏都要加快跳动。艳蓝如死的海洋让人想放情高歌，试试达不到的高音。

　　声音可以在峰峦谷壑间回旋激荡很久，一次又一次，攀登更高耸更艰难的巅峰。

　　所以这里每一个人的歌声都这么嘹亮高亢，他们或她们，都是生来要当歌手的。

　　月光熠耀的夜晚，部落的祭典，舞步，歌唱，酒醉的癫狂，睡倒在礁石上的青年，梦着与女神或男神在天上的欢媾，贪欢得醒不来的神的祭典。醒来时，好不甘心，怎么就这样醒来了，他们就一次一次像怒涛般号咷嘶吼呐喊着，哭个不停！

大音希声

二○二○年七月十九日

逼近大暑了，蝉声像煮沸的夏天，整座山都是如死般寂静的蝉声。

声音攀高到极致，是比寂静还要沉默的寂静，马勒的音乐也常常如此。我也在想老子说的："大音希声。"

许多煮沸升腾成空气的声音，然后，蝉在自己的声音中死亡陨落了，坠落地上，一条弯弯曲曲的小路上都是蝉的尸体。

以前在美术系，有一个作业是让学生去树林里找一个蝉尸，素描那只蝉尸。

那座在大肚山上的大学，夏天满山也都是蝉声，树影迷离恍惚，觉得是还没有配乐的电影，寂静无声的电影。费里尼在恍惚里走来走去。

有学生做了素描，有学生找了资料，知道蝉在土里蛰伏七年，一旦蛹化而出，就在树上激昂嘶鸣，声嘶力竭，耗尽气力，七天就坠地死去。

他们有人素描尸体，有人素描生命。

年轻的学生或许会问：什么样的生命值得潜伏沉默七年，只为了一个夏日七日夜的嘶叫？

少年时树下听蝉，听到诗句，像骆宾王在狱中听到的蝉声。到了老年，蝉声多么像一句短短的偈语，如果脱去肉身，你记得的也只是一个夏天寂静如死的声音吧……

古人丧礼用玉雕的蝉放在死者口中，也叫含蝉，贴近一生用来发声的舌头，那冰凉的玉石的蝉，在尸身里永远噤默了，好像七十年、七百年、七千年，再也等不到夏天。

042

扶桑

二〇二〇年七月二十日

在长滨金刚山下一间小小咖啡屋小坐，手冲咖啡很好，入口韵味悠长。仿佛同时品味了雨水、日光、土地或风。

仅容两人对坐的小几，幽静的浅粉蓝色，一支波尔多酒杯里插着几朵明艳鲜红的花。色彩和午后斜照的光都恰当，像维米尔画的一个角落，恰如其分，可以天长地久。主人说是自家院子里野生的扶桑，清晨才绽放，阳光空气都好，所以蓬勃有朝气。

头颅里思虑心机如果纠缠琐碎，常常会看不到眼前简单安静的存在；脑袋干净，眼前每一种存在都自有庄严。宋儒讲"格物"，大概是提醒没有妄想，安分从眼前小事物细心体会吧……

大暑

马鞍藤

二〇二〇年七月二十二日

海潮汹涌，听着太平洋澎轰巨涛的声音。

这里的岩礁崚嶒尖锐，终日被猛烈巨浪击打剥削，雕塑成棱棱傲骨的姿态。很咸很咸的土地，浸泡在盐渍的沙砾，很讶异马鞍藤还可以四处生长蔓延。

它的根茎贴着白日炙热炙烫的沙地，烫到我们不敢赤足行走的沙地，一条藤可以蔓延十几米，纵横攀爬，没有一点畏缩，走到离母根很远的地方，像是要倾听海洋的壮阔，在阳光初升的清晨，开了一朵美丽的、艳红的花。

生命美丽，使人赞叹，大多是因为这样在艰难中努力存活的姿态吧。岛屿的自然其实是一堂最重要的功课，那是真正永远不能撼动的课纲啊。

生命可以走很远的路，找到自己开花的地方。

敬慎因果

二〇二〇年七月二十七日

每日早起河岸散步，都会看到河面渔船，静静泊在幽微的曦光里。

船行快慢，速度不同，河面上会起不同大小的波澜震荡。有时候船走了，波澜还在，余波荡漾。刚来的人，不知因果，会心中纳闷：为什么今日水波不静？

时空都是因果，一次大爆炸有数亿火团迸散飞旋，数十亿年、数百亿年、数千亿年，爆炸形成周期的运行规律，余波荡漾，还要数万亿年。某一个新来者仰头眺望，不知因果，看到漫天繁星的天空，有运行轨迹，有多动秩序，有一定的因果，不知道为什么热泪盈眶。

每一个清晨，那一艘船，成为我散步时的风景，像是意外，也是因果。船过，水无痕，喜怒嗔爱，都是波澜，时空里静看星辰流转，会知道最初的大爆炸还余波荡漾。要多么漫长的时间，才真正水无痕？敬慎因果，是要入无波无澜的无余涅槃么？

不容易看到"因"，只是尝遍苦"果"。因果之间，要有多少敬慎珍惜。

050

夜鹭

二〇二〇年七月二十八日

　　入夜前在新竹公园散步，湖边围栏侧停着一只非常美的夜鹭。灰蓝色的羽翼，两绺细而优雅的冠翎，被夜色的苍绿湖水衬着，像一张淡雅的宋人册页。

　　新竹避开了大型城市的喧闹浮华，有许多可以散步的绿地。公园的规划依循东方园林的布局，水面空阔，木结构的亭、轩、台、榭，也都素雅不过度装饰。

　　城市的美，来自人的素质教养。有这样一只不被打扰的湖畔夜鹭，有几株上百年的挺拔老松，有低矮不炫耀的灯光，这城市就使人安心了。

　　每年参加应用材料企业主办的文艺季都会来新竹，一场一场都有一千多人的演讲活动，持续了二十年，认识许多爱文化的朋友。

　　今年因为疫情，现场活动停办了，改为线上播放。在庆祝二十周年的前夜，在这公园走了一万步，祝福城市的美好天长地久。

夜鹭

百茇与白及

二〇二〇年八月一日

　　在用餐的桌上看到很雅致的小花，白色淡青花瓣，花蕾是浅粉红色。点点像天空星辰。有点像洋甘菊，却又不是。

　　问了餐厅，说是"百茇"。

　　我听成"白及"，很高兴，因为学习拓碑或书画裱褙都会用到白及制作的透明有黏性的"白及水"。

　　我却从没机会看过白及的花。

同桌另一位朋友学过笛子，他说笛膜也用白及沾黏。

生活里有许多可以学习的知识，如果遇到熟悉中药的人，大概也会说起白及传统的医药用途吧！

有关"白及"的图文放上脸书，许多朋友都来讨论。我才知道餐桌上的花是"百芨"，属于大星芹（*Astrantia major*），伞状花属。"百芨"和用来制作有黏性的白及水不同科属。

也有制作景泰蓝的朋友告知白及水甚至可以直接用来固定铜胎的掐丝。

格物、致知，没有压力，没有考试，不用交论文，眼前的小花，像一首诗，伴随一个晚上的餐点闲谈，给我们很多意外的快乐。

在信息发达的时代，网络如果不用来传播谣言八卦，不做意识形态的辱骂斗争，是可以帮助大众学习到很多知识的。

各方面朋友提供的信息，让我了解了"百芨"和"白及"。很多感谢！

054

蜻蜓

二〇二〇年八月三日

朋友家的荷花池塘飞来许多红蜻蜓，一种像是勃艮第酒的暗红色，使人想起文艺复兴时代，古宅里沉厚的绛红丝绒帘幕。

蜻蜓静止在初初结成的一朵荷花蓓蕾上，久远到来，似乎已经嗅到一朵荷花仿佛少女初长成的生命香气。

荷叶也好，浮在水面上的翠绿，渐渐变色的婉转如琥珀的赭红都好。

蜻蜓飞来，像一句诗，也像一幅小小的宋人册页。

手机里留下的一景，可能是再也不会重现的一景。

地质公园
二〇二〇年八月五日

富冈的地质公园非常美，崚嶒诡奇的地层石板，岣嵝嶙峋的噬洞岩礁，仿佛上天雕镂出来的神奇作品，大气磅礴，和澎轰汹涌的大海浪涛对抗着，形成其他地方难以匹敌的风景。

这样的地质特征得天独厚，过去却委屈在"小野柳"的浑名下失去了自己的自信。听说已经正名为"富冈地质公园"，值得为此庆贺。如同这几年，每当一位朋友更换回原住民的名字，我就从心底为他们鼓掌喝彩。

风景如同人，都要有做自己的尊严和信心。

每天傍晚在地质公园走一圈，可以了解公园背后规划与管理者的用心。没有太过都会的多余装饰，却很细心设计人与自然的关系，伸向海岸岩礁的小径和架高的身障步道都恰到好处，有适当的关心，却不破坏自然。

植物的生态也多尊重原生的特色，白水木，蔓榕，海梧桐，林投，文朱兰，大叶榄仁，黄槿，这些原来在海岸生长耐风、耐旱、耐盐的植物，在岩礁海风中各自长成它们奇磔虬健的姿态，远比人工刻意培养的娇艳几日就死的都会植栽花圃，要更能说明与呈现"地质公园"存在的真正特性。

058

白水木
二〇二〇年八月六日

岛屿东部沿岸多白水木，有时长得很高大。

若受海风长年吹打摧折，枝柯交错盘结，树形常常会形成顽强对抗的姿态。

近几年白水木受到园艺重视，移种在庭院，或用盆栽置放在豪宅做景观，也长得茂盛扶疏，有另一种雍容，与在海涛强风咸苦之地生长的情况不同了。

白水木轮生的叶丛多聚在树梢，不影响枝干线条优美修长的蜿蜒。叶片有点厚，叶片上有银绒的细毛，发着华贵的光，在海岸的强悍风景里显得特别柔美安静。

大暑过后是白水木开花的季节，花很小，一丛一丛，在叶片护卫中伸展，花茎像珊瑚分岔，细小的花落了，结成一粒粒像胡椒籽般的绿色小果实，也很好看。

一整个夏天都在海岸边看不同株的白水木，看不同时辰的白水木，枝干、叶丛、花、果实，认识一种生命的各个面相。

"不可以三十二相观如来"，众生亦如是，"相"是不断在时间里持续转换修正的状态，执着于相，也就停止了生长吧……

白水木

立秋

鹿野

二〇二〇年八月八日

住在山间农舍，院子里有一百多只鸡。我一开门，走出屋子，它们就涌上来，还试试啄我的脚趾头。

朋友问："是哪里啊……"

我说："鹿野——"

其实还是有点空洞，我们能说出的地名常常也只是我们有限知识的标签，贴了标签，就会有很多盲点。

在两座山脉之间，附近多是田，刚插秧的水田，培养罗汉松植栽和南洋杉的林地，更远一点山坡上的火龙果园和凤梨田。一条小径可以一直向东走到一段卑南溪的河堤边。溪边卧着像一只鸡的鸾山。

如果往鸾山去，会经过瑞和车站。似乎废弃不用了，有小小候车室，有月台，有轨道，没有看到人来人往，但可以确定是一个车站，补足了我"鹿野"标签上的盲点。

我希望用这样的方式认识世界，不只是纽约、东京、上海、巴黎；我也希望用这样的方式认识岛屿，不只是台北、台中、高雄……

慢慢行走，慢慢体会，空洞的标签周边的盲点可以从模糊空洞变得清晰实在。

《桃花源记》和《湖滨散记》都确实清楚，但不是标签。

数码的速度愈来愈快，风景变成标签，人也变成了标签，用标签来认识风景或人，盲点也就愈来愈大。

瑞和车站再往前走，还有瑞源车站，新修过，少了小站昔日的平实素朴，好像乡下人挂了一身假的珠宝，闪闪发光，伧俗又自卑，这是近几年的台铁美学。

附近有巴卡拉子部落，再过去沿着鸢山侧翼可以眺望山脚下的卑南溪大河河床和河口广阔的冲积平原。

在广阔丰富的大自然中，我觉得离人的是非好远，离艺术的美丑好远。

立秋时节，绿郁鸢山蔚蓝天空上的白云洁净极了。

066

缅栀花
二〇二〇年八月十日

远远的鸡啼此起彼落

它们还记得黎明

记得山棱线上亮起来的一抹微红

日升月沉

刚刚诞生的婴儿

啼哭着

刚刚死亡的老人

安静了

生与死

一个夜晚空气里都是你骚动的香气

起床就走到院子看清晨的缅栀花

琼花

二〇二〇年八月十二日

　　因为"伪出国"的联想，打开手机这几年出国储存的照片，回忆出国旅游的点点滴滴。

　　其实不是"伪出国"，是真的出国了，但有时仓促，一路奔忙，没有好好善待每一处风景里人事物的细节。"真出国"也留不下记忆，常常看着照片也还是陌生，"真出国"如同是"伪出国"，没有什么意义。

　　因为匆忙，走马观花，"真""伪"就没有什么差别。感谢疫情，安心不出国了，把多年旅游的图档一一找出，有些记忆很深，有些竟然有点模糊了。

　　记忆深或模糊不证明自己认真与否，了解到风景与人的缘分都有深有浅，有长有短。有时擦肩而过，印象很深，常常想到。有时朝夕相处，却可能十分模糊，回忆起来一片空白。

　　这一朵洁净的琼花印象很深，是二〇一七年七月三日在北海道旭川植物园见到的。植物园到处都是花，眼花缭乱，又因为贪多，便都模糊了。

　　休息时，坐下来，决定不看什么了。就在身边，孤独开在角落的这朵琼花，因为洁净，一尘不染，因为独自开在角落，忽然遇到，就仿佛久别重逢。

　　在数字时代，科技帮助着"伪造"，大学硕博士论文可以是"伪造"；打开大陆影音视频，发现自己的演讲竟然也有盗版"伪造"，东拼西凑，连我自己也不认识，大众如何分辨"真伪"？著作权律师向相关单位询问，得到答案是"这样的案例一天有两千件"。

　　啼笑皆非，想到《金刚经》说："若以色见我，以音声求我，是人行邪道，不能见如来。"这样"真""伪"不分的时代，北海道、旭川这些地名也都仿佛虚拟，观光让许多地名也没有具体内容了。

　　一朵深藏在记忆里洁净的琼花，反而变得这样弥足珍贵了。

照片

二〇二〇年八月十三日

脸书照片有两类，一类都是自己，一类没有自己。我难得放一张有自己的照片，这是黄惠美传来她和旭原的毕业照。

学生毕业照搞笑，我被抓去尴尬坐中间。我问惠美这是哪一年，她说"一九八六"。是啊，好遥远的事，那时候自己刚过了四十岁，和二十岁的学生相处，好像没有年龄隔阂。

我在好几个大学的建筑系带"艺术欣赏"或"艺术概论"，东海、淡江、中原、文化，还有性质类似的台大城乡研究所……

074

建筑学在台湾被放在理工科，但是又充满艺术创造性，黑格尔的"美学"里建筑占了极重要的位置。好的建筑系大多重视学生的艺术涵养与美的品味，东海建筑系一开始，贝聿铭就仿佛以划时代的标志立下了建筑精神，此后，陈其宽、汉宝德都遵循这一传承。

建筑系专业课程压力很大，学生熬夜赶模型，评图被批到爆，哀鸿遍野，我的课只好尽量扮演疗伤的功能，读《红楼梦》，看费里尼，唱李双泽，听马勒……

　　美，究竟可以陪伴一个建筑青年走向哪里？

　　美，究竟可以在钢筋水泥砖木材料中让空间有多少可以伸展呼吸的余地？看这张老照片陷入沉思，这一班青年学子，今日多有独当一面的建筑师，黄声远、龚书章、郭旭原……

　　谢谢惠美给我美好的回忆，三十余年匆匆过，东海校园相思树林的光影，时时犹在梦中婆娑迷离。

076

无罣碍

二〇二〇年八月十六日

　　立秋后九日，清晨五时三十分许，晨曦里看一丝一丝的微云向苍穹飞散而去，沿河走到画室，磨墨濡毫，专心写四个字——"心无罣碍"……写多几次，在同样大小的纸上，变成"无罣碍"。

078

蝉声

二〇二〇年八月十八日

　　清觉寺清晨诵《金刚经》，"诸相非相"，走到庭院九重葛藤架下，一片夏日繁花，粗藤上却留着一个蝉壳，背部裂开一线，羽化的蝉应该已经飞走，太阳升起，它就在树荫高处亢奋嘶鸣了。

　　如果有机会看一只蝉的脱壳羽化，大概是最好的生命功课吧……

　　一个新的身体从埋藏多年的硬壳中挣扎脱出，蜷缩的羽翼慢慢一点一点张开，从黏滞软弱变得利落硬挺，从混浊胆怯变得透明自信，终于可以昂扬飞起，飞向阳光的高处，用最嘹亮的号角一样的声音，布告自己的完成。

　　是的，所有留下来的空壳就只是一个空壳而已。

秋江

二〇二〇年八月十九日

处暑前二日，有东南风。

清晨见大河浩荡，野渡无人。因为逆光，隔岸山脚下较杂乱的建筑也都不显。风景有入秋的洁净。

暑热渐止，早晚都有凉意了。

白露之前，可以重读一次庄子的《秋水》，也无端想起杜甫《秋兴八首》，为什么他会说"波漂菰米沉云黑"？为什么他会说"露冷莲房坠粉红"？

总觉得"坠粉红"像Boehmer et Bassange珠宝商试图贩售给玛丽·安东尼（Marie Antoinette）皇后的珠宝，有凡尔赛繁华到尾声的点点滴滴。

或者，再看一次昆曲《玉簪记》里的《秋江》，小尼姑妙常赶到江边要买舟追上帅哥潘必正，偏偏遇到又聋又哑又装疯卖傻的老艄公，青春激情妄想，老迈昏聩痴愚，就在秋天清明空阔的江上演出一出美丽的小品。

小舟独自横江，妙常情欲焦虑，艄公谐谑玩世，我也已看尽繁华，除此身外，别无他想。

处暑

紫

二〇二〇年八月二十三日

　　画室附近马鞭草科的金露花在这夏末时节盛放了，绿叶丛衬着很浓艳的紫，十分夺目。

　　紫色很复杂，金露花的紫偏蓝，花瓣边缘一圈淡粉或浅白的蕾丝花边，使深艳的暗紫色显得更炫耀佻达，甚至有点诱惑性的邪狎。

　　孔子对紫色是有意见的，"恶紫之夺朱"。紫的彩度强烈，比朱红还要抢眼。但是，紫是杂色，偏蓝的紫，偏红的紫，色温层次不同，视网膜传达的感受也会有很大差异。

偏粉红的紫可以很温柔，包装珍贵礼物的丝带常用。紫，也可以很贵气，有威严权威性，紫是罗马帝国皇室的颜色，汉帝国也有紫绶金印，都以紫为尊。

"紫气东来"甚至有点仙界的神秘。

但是紫色带蓝，深沉时，甚至有忧郁感，用得不好，可以有邪气，觉得恐怖，也可以鄙俗。

盛夏结尾，许多紫花，紫芦莉、大花紫薇，都是浓艳的蓝紫，抢眼，不含蓄，像季节最后狂躁绝望的蝉声。

狂躁的紫，的确抢夺了红色花朵的光彩。孔子是惧怕这种遏制不住的绝望吗？民间常说"红得发紫"，色彩和情绪息息相关。"紫"有时像一种警告，让自己在过度躁郁前止步。

颜色本身无辜，我不会厌恶紫色，但知道在生活中慎用紫色。

笋

二〇二〇年八月二十五日

　　观音山有好笋，夏天正是盛产季，当地农家常常一大早挑一箩筐，担到河边步道向晨起运动的人兜售。

　　我嗜吃笋，尤其是夏天的绿竹笋。

　　这些笋都是清晨从土里挖出，带着土，正要从土里冒出，弯弯的笋尖，还没见阳光，颜色淡白米黄。

　　我把整颗笋带壳放在锅里煮，煮沸了关火，闷到凉冷，放进冰箱冷藏。

　　吃的时候，剥了壳，切块，不蘸任何佐料（尤其是美奶滋），品尝鲜笋比水梨更嫩爽的口感，若有若无的淡淡的甘香，仿佛品味整座山夏天清晨悠远绵长的滋味。

　　甜酸苦辣咸，五味各有五味的记忆。浓烈五味过后，会珍惜一种淡，若有似无，没有黏滞，没有执着，像是庄子说的"忘"，是记忆壅塞之后的懂得了留白。

　　母亲是经过战乱的一代，一生颠沛流离。她也常用笋入菜，卤肉中有笋块，鱼汤中有笋尖，炒雪里蕻也搭配笋丝，仿佛都在五味中提醒"笋"的安静，淡淡的香，淡淡的口感，不争先，不恐后，自有品格。

088

透润的青

二〇二〇年八月二十九日

再过一周节气就到白露了。

暑热渐退，躁动稍缓，入秋是可以学习沉静的季节。

曾经有一位君王，看到雨后天晴后透明的青色，便期望那天空的青色可以烧成瓷器上的釉。

雨过天青，在宋代成为汝窑秘色。至今仍是世界陶瓷文明的最高峰。

宋代喜爱那青色，到处都是雨后天空透润的青。那透润的青的记忆，成为文人案上的笔洗，成为粉槌状的花器，成为养水仙的椭圆盆子，成为温酒的莲花型水盅……

历史上统治者爱权力，爱战争，爱杀戮，爱自炫，贪恋钱财，难得一个君王懂得静静品味秋天，专心看天空的青色，成就"美"，成就一千年文明不朽的价值。

真好，今天在河边遇到雨后天晴的青色了。

090

韭兰

二〇二〇年八月三十一日

夏秋之交，午后暴雨，草地上突然冒出颜色鲜明亮丽的韭兰花。

韭兰也称韭莲，因为多在风雨前后绽放，也被称为风雨花。韭兰不开花时叶细如韭菜，杂在草丛里，不容易发现。雨前雨后，气温湿度骤变，一朵朵韭兰花就绽放盛开了。

花六瓣，花瓣浅粉娇嫩，衬着杏黄色细长雌蕊，洁净无染。

韭兰花的浅粉色系让我想起康雍乾三代时尚的粉彩瓷器，非常娇嫩的浅粉红，有清帝国年轻的朝气，和明朝宫廷青花的严肃沉重不同。

习染汉族文人美学的士大夫多排斥康乾年间的彩瓷，以为太过娇艳轻浮，不够庄重沉着。

文化太老，有时会忘了自己青春向往的梦幻记忆。

清帝国初起的少年的美学其实有迷人之处，忽然想去台北故宫博物院看一看久违了的康熙珐琅彩瓷，《红楼梦》里应该是很以那种灿烂娇艳做时尚追求的吧……

韭兰

洪荒

二〇二〇年九月二日

　　在岩礁巨石崚嶒的海边看满月升起，大浪澎轰汹涌，说着洪荒以来的故事。

　　《红楼梦》一开始就说"大荒山"，说"无稽崖"；大荒，无稽，仿佛莫须有，却又都在眼前。

　　我总觉得癞头和尚、跛足道士也还在这洪荒的风景里，指指点点，懂得的人懂了，不懂的，继续听大浪澎轰，看岩礁崚嶒，一轮圆月从无遗憾冉冉升起。坐到入夜，月亮的光华使海洋这样华丽，一片白茫茫真干净。

讲《红楼梦》多年，许多人说有领悟，领悟什么？婆媳间的纠缠，夫妻间的矛盾，事业的、情感的、健康的种种阻碍困顿……《红楼梦》像一部佛经，也像一面镜子，映照着洪荒以来众生的面相，贪婪的、嗔怒的、痴爱的、计较的、憎恨的，种种执着，种种放不下……

所有的面相生灭变幻，如月圆缺，圆时忘缺，缺时盼望圆，也是永不止息的澎轰大浪，一波一波，不知道为何颠簸升沉起伏。

王熙凤是聪明的，也会计较，《聪明累》里说："机关算尽太聪明，反算了卿卿性命……"

机关算尽，最终，只是把自己推向死亡吧……

这样洪荒以前的风景，劫毁之后，《红楼梦》的作者应该也是看过的吧……

094

吉拉米代

二〇二〇年九月四日

大雨过后，富里附近吉拉米代部落稻田还是这样翠绿，海岸山脉的山峦还是这样笃定沉着，山头上的云岚还是这样轻盈洁净。

沮丧的时刻一个人走到山上，坐在田埂大石上，微风习习，看云起云灭，稻叶翻飞。那山水里有读不完的故事，那风景无言无语，却仿佛用静定的沉默说着领悟不完的智慧。

那孤独的年轻人，从人群喧嚣中出走，走到海岸山脉高一点的地方，走到吉拉米代，眺望脚下村镇屋宇人家，看了一下午的云，传给我这张照片。

故乡无恙，年轻一代一定知道自然永恒的意义，一定知道山在，稻田在，云在，就可以学习笃定沉着，就可以学习轻盈洁净，自在无碍。

珍重，纵谷……

珍重，吉拉米代……

山在，云在，还有什么遗憾？

日露

祝福

二〇二〇年九月七日

今日白露，清晨五时许出门。气温二十三摄氏度，舒爽惬意。

大屯山上彤云初起，淡淡的微红和粉金，一朵一朵升向蔚蓝天空。突然飞过一群鸽子，和云锦一起，仿佛是天意特别赐予的恩典与祝福。

是的，灾难恐慌或许就要过去，大疫蔓延，每天看着染疫和死亡的数字，低头默哀，能不能再多一点谦逊包容，再多一点反思与自省，岛屿可以是有神佛护佑的地方，可以有天长地久的祥和福气吧……

今日白露，我给你的祝福是云的飞扬，和自由展翅飞起的鸽子，当然还有天空的蓝，山的起伏，还有，大河浩荡。

茄冬子

二〇二〇年九月九日

青岛西路上的茄冬树结满了累累的茄冬子，颜色形状都像龙眼，略小。

喜欢看树上垂挂满满都是果实的树，像母亲身上趴着一群孩子。

是丰盛的秋天，收获季节的秋天。

小时候看到有人将茄冬子用糖渍，也有人用来泡酒，我没尝过，不知道滋味如何。

城市会让居民记忆的风景，大多都要常用步行。秋凉以后，我便更多了在大街小巷走路闲逛、东看西看的快乐。

再过一个节气，许多街道两旁的台湾栾树也要开花了吧……

今天看到一位医生提醒猪牛肉残余的莱克多巴胺会伤害脑神经，过量摄入会造成人的忧郁自毁和无端的暴力攻击。

我还想再多了解一点，也许没有那么严重，只是很难理解，人类为什么要给植物、动物用药剂？让它们自自然然成长不好吗？你会希望自己的孩子用激素药物快快长大吗？

人类如果不要为了自私的商业暴利，是否可以减少很多农药、化学激素、基因改造，违反了大自然生长的规则秩序。

两千年前就有"拔苗助长"的故事，因为急躁，把秧苗拔高，结果秧苗都死了。

浓绿树叶间累累的茄冬子给我许多愉快，可以一路哼着自己喜欢的歌走在黄昏舒适的城市，祝福这城市的下一代能避开忧郁暴力，健康幸福地成长。

102

青
二○二○年九月十日

　　你想告诉我山里看到的青斑蝶，它们密聚在花丛里，闪烁着黑夜长空像星群一样的色彩。

　　要怎么形容那色彩呢？

　　"青"是一个如此不准确的字，可能像土耳其蓝，可能是孔雀绿，可能是墨玉般的黑，如同李白诗里形容母亲的头发"朝如青丝"。

　　我们要如何在视网膜两千多种色彩里找到"青斑蝶"的"青"？很像从两千年庄子的梦里飞来的翅翼，用那样不可捉摸的色彩说着时光与空间的恍惚。

104

　　所以，必须从字典里所有"青"这个字的定义局限中解放了自己……"雨过天青"的"青"，"青青河畔草"的"青"，"青青子衿"的"青"，"朝如青丝"的"青"。

　　青春，是说什么样的"青"？

　　宋瓷里的"影青"是什么样的"青"？

　　阻碍在视网膜前，让视觉看不到真正的色彩，正是因为我们执着于那个文字上"青"的假象吧?

　　意识形态是一道坚硬的高墙，把人与美彻底隔绝。

　　有关部门曾经要我开一份美学书单给小学和初中学生，我犹豫了。有哪一本书可以取代一个成长的儿童或少年凝视一只青斑蝶或一朵盛放玫瑰的专注?

在为青斑蝶找到文字定义之前，他是不是应该先经验视网膜上找不到文字形容的感动？太早给孩子各种才艺竞赛、排名次，其实是另一种莱克多巴胺。

我们为什么那么急？

不能静静专注爱他，让生命自然成长吗？蝴蝶让庄子做了一个梦，他不确定，是自己梦到蝴蝶，还是蝴蝶梦到了他。

两千年来没有答案的一个梦，让人类从意识形态的思维桎梏里解放了自己。那是一个心灵自由的梦，"庄生晓梦迷蝴蝶"，罗兰·巴特的《镜室》里说了很多类似的话。

读完《镜室》也可以去北美馆看布列松的"摄影"，知道一百年来为什么镜头前只有他孤独一人。

106

知本卡大地布

二〇二〇年九月十三日

　　白露过了，秋分将至。知本溪床里飞起了白花花一片秋光。

　　这个季节，不只是溪床，街角、山头、田埂、墓地、废弃的厂房，无所不在，都陆续随风翻起了洁净如丝缎一样的秋光。

　　蒲苇、芦苇、五节芒、甜根子草，许多不同的名称，各人有各人执着，大众喜欢用的却是笼统宽泛的"芒花"，是这个季节随风摇曳、浮荡、回旋、俯仰、翻飞的秋光。

108

可以随着这一片秋光一直沿着溪床走到河口。

河口很宽，块石磊磊，许多鸟类栖息，很多海河交界的生物赖以永续循环，鱼、蛙、昆虫、藻类……

河口湿地有生态丰富的景观，可以留给一代一代的后来者观察探索自然生命的因果。

但是不知道为什么这片湿地又要被选中开发做光电板。为什么？

敬重自然的朋友忧虑伤痛，只盼望一片净土，却好像总是无所容于天地之间。

工业革命以后，恶性的消费资本经济快速把地球的生态推向毁灭，毁灭河流，毁灭海洋，毁灭山林土地，毁灭原始物种，做各种基因改造，猪牛身上都有莱克多巴胺遗毒，最终，人类是把自己逼向绝路吗？

新冠疫情，像一种反扑，严厉警告，人类再不慢下来，停止剥削伤害自然，前面就是万劫不复的深渊。

已经超过九十万人死亡，近三千万人感染，警告真的有用吗？或者，这样的惩罚还不够让人类收起傲慢？

蒹葭苍苍，前路茫茫。一路随溪走去，溪谷两岸是卡大地布部落传统领域。部落曾经有过高昂嘹亮的歌声，秋光融融，还能让止不住贪得无厌的心回头吗？

岁月，莫不静好 白露

110

可以不要再砍树了吗？

二〇二〇年九月十四日

一棵巨大的凤凰木，大约有二十米高，我每天走过去看它。

刚开始以为是一棵枯死的树，没有绿叶，只剩下崚嶒顽强的枝干，在空中飞张蜿蜒，每一根线条都姿态倨傲倔强。对抗过许多次狂风暴雨，对抗过很多地震雷火，对抗过虫蚁昆虫侵噬，对抗过烈日寒冬，所以可以有那样华丽庄严的身姿，让后来者致敬学习。

这一株凤凰木还活着，今天走近观看才发现它枝梢末端竟然绽放着几朵艳红的花。

生命有时并不像我们想象得那样软弱卑微，以为枯死的树，离开主干二十几米远，开出了新的花蕊。我们可以为此祝福沮丧颓废陷在自苦自怜中的生命，昂扬抬头，看看这棵大树。

龙应台任文化局局长时，曾经编列指定保护的台北市的老树。据说，保护条例又要修改。我心中一惊，可以不要再砍树了吗？视树如仇，有一天就是视人如仇，视自己如仇啊……

112

谛听

二〇二〇年九月十五日

　　农历七月还剩两天，寺庙里的超度亡者普度众生的盂兰盆会也即将结束

　　庙宇里连续几天，诵《地藏经》《药师经》，让信众在地藏庵礼拜诵念
经忏，缅怀纪念亡故亲人；案上三杯素水，两瓶姜花，别无多余物件。和
民间五光十色热闹的中元普度，行事做法不同。

　　《红楼梦》里讲两名相恋女伶，一名死了，活着的藕官在花园烧纸钱祭
奠，纸灰乱飞，被大观园婆子抓住，要送主人处罚。宝玉慈悲，挡了下来
跟藕官建议，只要烧炷香，一念之诚，对方就会知道。

　　我把这一段写在《微尘众》书里，以为是《红楼梦》最好的片段，可
惜常常被人忽略。在寺庙几日，我心中默念诵读，一念之诚，相信亡故亲
人好友也是会听到的吧。

　　地藏庵很小，每次也只十余信众，轻声读经，没有任何喧闹。地藏像
旁有"善听"，是白犬所化。他要随菩萨到地狱去度众生，所以张大眼睛
竖起靠近菩萨的左耳，认真"谛听"。

岁月，莫不静好　　　白露

爱缘不断

二〇二〇年九月十六日

昨天傍晚海岸边的金色晚云好绚丽。像瓦格纳《罗恩格林》的序曲。

夕阳的光是从很远的西边反射映照在这片柔软细白如丝的云上，涌动的云的金光又反映在太平洋波涛粼粼的水面。弦乐、管乐、高音、低音，好几重不同方向的光的编织、折射、交叠，产生刹那间令人目眩的华丽缤纷。

时间很短，晚云的灿烂大概几分钟，瞬间变灭，看见的人目瞪口呆，才刚刚惊叫，金色已入紫灰，变成黑暗。

我记得那瞬间的光华，在暗夜的角落，听大浪澎轰，想起《阿含经》的句子："无明所系，爱缘不断，又复受身。"在无明中牵系挂碍，爱缘不断，所以又回来有了这肉身。因为"爱缘"，总是走得不彻底。

光的反射交叠，是梦幻泡影，然而那绚烂总让人执迷不悟啊……

116

新叶

二〇二〇年九月十七日

　　寺庙的玉兰花都摘下来供佛了，玉兰树枝梢上生出来的新叶却也异常美丽，在清晨初起的阳光映照下，衬着湛蓝的天空，青绿中带着明亮的金色，叶脉宛然，整齐准确裁切的形状，像一片皎洁干净的翡翠，托在天青色的锦缎上面。我被那对比又和谐的颜色吸引，觉得天地间满满都是宠爱与祝福。

　　那一片柔软的新叶，仿佛可以拭去所有盲瞽者眼上蒙的翳障。

　　蓝天下，我看见了新叶。

岁月，莫不静好　　　　白露

118

一树如佛

二〇二〇年九月十九日

离开的前夜，特别绕过去看那棵大树。

感谢他在那里，每一天提供伞盖一样的树荫，让烈日炙晒下的附近挥汗如雨的农民可以在大树庇荫下歇息片刻。

感谢他一季一季地开花，使沮丧困顿的人得到鼓励振奋，知道生命并没有悲苦到绝望，应当灿烂嫣红绽放。

感谢他伸张广阔无私的枝干，让南来北往的许多鸟类停栖休息，让许多昆虫攀爬，在丫杈间筑巢做窝，有一处小小的容身之地。

感谢他让许多藤蔓菟丝茑萝缠绕寄生，一同经历风雨，也开出美丽飘曳的花朵。

在阒暗沉静的夜空，他像巨人兀自挺立着。

感谢有人这样细心打不强烈的光照明，让一棵荒野里的大树即使在夜晚也有了可以被人看到、被人赞叹的生命壮丽宏大庄严的姿态。

我合十敬拜，知道一树即众生，一树可以如神，一树也可以如佛。

120

带你看壮丽风景

二〇二〇年九月二十一日

　　你走到雨后的山里了，山坡上的梯田还积着水。云像瀑布从山头倾泻下来。

　　多么希望你可以看到那如同溪谷间飞瀑急湍一样的云岚的流荡飞溅。

　　行到水穷处，是可以看到云的升起飞散啊……

　　从海岸山脉过去，我以为还是池上；雨恩看了照片，告诉我这一片土地是吉哈拉艾部落，已经属于花莲县的富里了。

　　是的，台东最北的池上和花莲最南的富里是相联结的，我常常去这两地的"边界"吃饭，也知道有年轻人从都会回乡，挽起袖子开始种父祖种过的田。

当地的年轻朋友也与教会一起努力，保护下了一座美丽的教堂，有尖苔，有蓝色尖拱窗框，有巨大的波罗蜜树，垂坠着硕大的果实。

地球上有不相连接的山脉吗？

地球上有不相连接的海洋吗？

宇宙间有不相连接的天空与星辰吗？

纵谷的朋友爱自己的土地，爱自己的部落，爱祖灵为我们世代守护的山林溪涧，云岚与星辰。日升月沉，我们听风听雨，还要为以后的世代继续守护这片美丽的家园。

有一天，一定要带你来看这里，吉哈拉艾，看雨后云瀑流泻的壮丽风景。

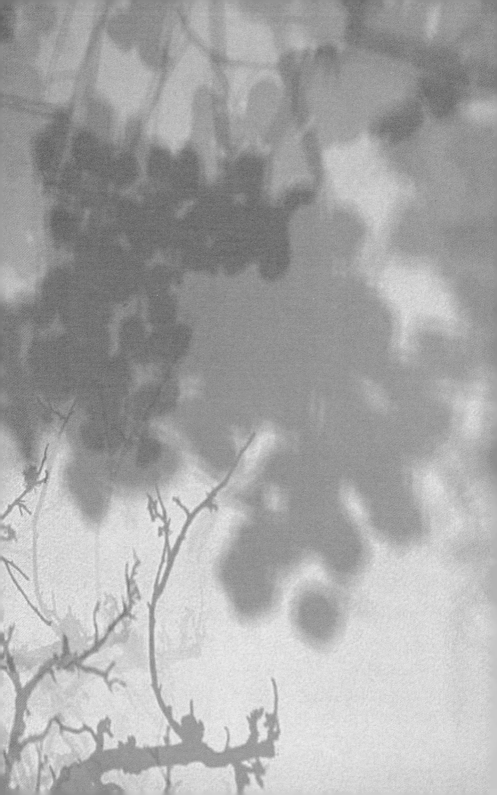

秋分

少年时读着哭过的童话

二〇二〇年九月二十二日

庚子九月二十二日，夜晚九点三十分交秋分。

遇到寒林里一只孤单的鸟。栖息林间，它或许知道节气变化，知道一日一日的秋风时至，知道一夜一夜的寒凉增长，知道花叶自此飘散零落，阳光一点一点移转消失。

友伴或许都已南迁，只剩下它一个，像王尔德童话里独自留下来的那只燕子。

它在快乐王子高高的雕像肩膀上，眺望着城市孤独者、受苦者、贫病者的身影，它要替快乐王子取出身上珍贵的宝石黄金，用小巧的喙衔着送到需要的人身边。

璀璨华丽的王子雕像最后只剩一堆丑陋的土胎，脚下僵卧着延误了飞向温暖南方的燕子的尸体。

少年时读着哭过的童话，今日秋分忽然又在眼前。记得燕子身上有一水滴，它抬头看，以为是下雨，结果发现是王子的眼泪。

定光

二〇二〇年九月二十四日

　　二〇二〇年九月十九日下午，在云门剧场看郑宗龙和舞者排练舞作《定光》。结束的时候舞者和观众合照，留下这张照片。

　　林怀民退休的时候说："接下来是郑宗龙时代。"

　　不到一年，舞台上多了很多新的舞者，我没见过，叫不出名字。他们身体的动作我也不熟悉了，许多过去看云门的惯性忽然会卡住，"咦，怎么这样……"

　　"美"其实是有惯性的，惯性会成为规格，规格一成不变，就慢慢僵化，阻碍新的可能出现。

128

看到"郑宗龙时代"的云门，很开心，一个超过四十六年的团体可以用全新的面貌和观众见面。

"定光"是"锭光佛"，我习惯称为燃灯佛。《金刚经》有提到燃灯佛，他是释迦牟尼的老师，释迦牟尼成佛以前，有一世是善慧和尚，曾经借了花献给燃灯佛。北印一带也常有雕刻表现善慧五体投地头发铺在地上，让燃灯佛踩踏过去。我对燃灯佛的故事极感兴趣，改写在我的《传说》一书里。

我最好奇也最不解的是，《金刚经》里谈到释迦牟尼从燃灯佛"授记"，燃灯佛开示了善慧，跟善慧说："汝于来世当得作佛，号释迦牟尼。"所以，燃灯佛一切都知道，知道面前这青年善慧和尚来世要成正果，修行成佛。

我不解的是,《金刚经》里释迦牟尼却告诉弟子须菩提"我于燃灯佛所一无所得"。

释迦牟尼很笃定告诉须菩提,如果"有所得"燃灯佛就"不与我授记"。

这个老师很异类,学生说"一无所得",他才让学生毕业。

我要如何知道《金刚经》里燃灯佛开示后来者的智慧与胸怀?

看完《定光》排演,很盼望看完整的演出,希望看到燃灯的光,一火千灯,一火万灯,世世代代,千万燃灯,而火从不曾减少。

这张照片前排都是新舞者,他们真是好看。我就坐在他们后面。

130

海港

二〇二〇年九月二十六日

　　今晚的码头不热闹、不繁华，令人意外的寂静。

　　海湾里泊着起起落落的渔船，船舷彼此摩擦会有吱吱嘎嘎的声音，像沉闷的兽的喉咙里，愤怒委屈的、低低的哭嚎呜咽。有点像街角灯下的萨克斯风，吹着像是上个世纪荒腔走板的调子，然而这么适合这个街角，适合这个白露过后，不知道什么原因日渐荒凉的海港。

　　夜，可以更糜烂、更荒凉、更无处可归吗？如同港都古老歌曲里漂泊流浪悲愤男子大醉后，沙哑哽咽的哭声。

　　我要走到哪里去？他一再问自己：我要走到哪里去？

　　哈玛星废弃的火车轨道间，闪着新装置的寂寞灯光，还有停置不用的上个世纪曾经冒喷黑烟的火车头。

132

　　你记得那长长一列火车清晨从台北站出发，一路走走停停，慢到可以趴在车窗上看田里水牛摇摆身体缓缓走着，那样缓缓摇摆的速度，什么时候才走到终点啊……

　　入夜以后，火车缓缓进站，扛着背包来南方城市服役的青年在月台上列队。嘹亮的答数，踏步出发，"嘶——"火车头忽然冒出像泄了气的皮球的声音，好像一声长长长长的叹息。从上个世纪到这个世纪，每次走过港湾码头，你都又一次听到那叹息的声音，长长的五十年的叹息……混合萨克斯风的荒腔走板一起。想起遥远的月台上，母亲愈来愈模糊的脸，使你总又记起每个夜晚港都郁热潮湿、热泪盈眶的梦。

　　记得在拆船厂邂逅的你，在一堆钢铁的齿轮、扳手、零件之间，你说："我找一盏烛灯，不怕风吹熄的烛灯。"而我手上正拿着一把可以锁在墙面上不怕大浪摇晃的黑漆电扇。

你在哪里?

刺青褪色了吗?

还在勒戒所?

五十年过去,在街角听上个世纪的萨克斯风,如果睡去了,怀里应该拥抱着你的不怕风的犹有温度的烛灯吧。

我们都以为很知道要热烈地爱,然而应该年轻的城市如此的荒凉了。我们是不是在走向爱的路上放置了太多防范猜忌的障碍? 一步一跌,鼻青脸肿,走到爱的前面,其实已如此筋疲力尽、狼狈不堪了啊……

能不能有单纯初心?

能不能素面相见?

今夜荒凉,我为何又绕回到这和你告别的街角?

134

《弃猫》

二〇二〇年九月二十八日

　　你在港湾夜游，一遍一遍，走过广阔无人的码头。港湾里远远近近停泊着巨大的船只，远航归来，或正要启程远航。

　　繁华又荒凉的夜晚，好像睡一觉醒来，眼前一切，就会全部消失。这荒荒的梦里的风景，你恐慌那消失，便一直绕着港湾夜游，不敢睡去，甚至不敢眨眼，怕一眨眼繁华都会瞬间成空。

　　但是什么不会成空呢？有什么繁华最终不走向宿命的荒凉？

　　一朵奇异的云，像小时候的棉花糖，又甜蜜又虚无，悬在半空中，总是保持着梦里可望不可即的距离，舍不得离开，舍不得放弃，就在眼前，却又咫尺天涯远。

136

　　你一定想到我喜欢的美国上个世纪的画家爱德华·霍普（Edward Hopper），他画过《夜游者》，一群围绕酒吧柜台的夜游者，在昏暗的灯光下像没有魂魄的肉体，被寂静冷冻在透明的玻璃里，彼此都听不到对方的声音，感觉不到对方尸冷的体温。

　　霍普为什么总是画《夜游者》？战争打到美国边境，强大霸气的强国仿佛忽然看到自己空洞虚无的内在，徒具躯壳的身体，在繁华又荒凉的夜晚巡游，梦呓里的光线，梦呓的肉体，梦呓的云，梦呓的港湾或酒吧，梦呓的我们的爱或是欲望，剩下没有人懂的喃喃自语的独白。

　　你靠着我的肩膀，说："我累了，可以不再夜游了吗？大船何时起锚扬帆出航？"

　　这个港口曾经被日军占据为南侵的据点，岛屿的青年一船一船运送到新几内亚、马来、吕宋，被强迫身上捆绑地雷炸美军的战车。用殖民地军伕的肉身完成帝国"伟大"的战争。

一个老年的幸存的军伕告诉我，他幸存的原因是他懂机械，随时要修车，所以不会身绑地雷被派去躺在战车下送命。

生命的幸存有我们不知道的原因。

我读着村上春树的《弃猫》，读着他曾为京都寺院僧侣的父亲被征召当兵，在中国战场看中国兵俘虏被刺杀，据说那是训练新兵胆量最快的方法。村上又僧又兵的父亲看俘虏被斩杀的时候，日本发动珍珠港偷袭，霍普画《夜游者》。

许多因果是我们不能知道的，港湾天空那一朵云当然不会无缘无故悬在半空。

读过村上大部头的《世界末日与冷酷异境》，《弃猫》这小小的写父亲的回忆，朴素平实，却给我更多震撼。

从战场幸存归来，村上父亲每天清晨都在佛前诵经，死去的或未死去的都一起修行着战争的悲哀。

你知道发动贩卖战争的罪愆要延续给子孙几世几界的痛苦？

138

斑鸠

二○二○年九月三十日

秋分寒露之间特别喜欢走路。

今年暑热退去也特别早，岛屿的河床里都是芒花了。过高屏溪的时候，看到大片大片新开的芒花飞扬，仿佛季节给天地的惊叹。

今年是不好的一年吗？许多人都传言着"庚子"的凶险灾厄。

想起偶遇的年轻人眼中的恐慌，他总说自己命盘里不是"破"就是"杀"。"度一切苦厄"，我认真读经祝祷，祈求众生再大的灾厄都是可以度过的。

十万人死亡的灾厄，二十万人死亡的灾厄，五十万人死亡的灾厄，现在已是超过一百万人死亡的灾厄，可能将是四百万人死亡的灾厄。

斑鸠

140

我们真的能度过灾厄吗？

我们何时才能度过灾厄？

我们要如何度过灾厄？

岛屿的众生普遍有一种踏实生活的谦卑，像偶然走过的街边在樟树上隐身栖息的小小斑鸠。它甚至不想惊扰我这个忧心忡忡的过客。然而我看到它了，因此停下来，理解敬拜一个小小生命在城市街道旁栖息存在的谦卑。

如果一百万人的死亡仍然不能唤醒人类从心灵最深处对自己傲慢的反省，我可以从一只斑鸠的谦卑开始我新的功课吗？

"众鸟欣有托，吾亦爱吾庐"，陶渊明说了生活里最简单也最平凡的事，每只鸟都有栖身之所，我也爱我的家。

我是不是妄想太多？

我是不是占有了太多多余物质？

我是不是停止不了自己的贪欲？

我是不是和电视上夸夸其谈的权力者相差无几，五十步笑百步，如此傲慢而无自觉？

我能再认真理解几乎不容易发现的这行道树上小小斑鸠简单生存的谦卑吗？

或者，我和许多权力者一样，只是把"谦卑"挂在嘴边，把"谦卑"作为自己傲慢的装饰?

把自己一步一步推向灾厄毁坏的岂不正是这日复一日没有反省的傲慢之心?

在绿荫围绕的大树间，这只斑鸠恬静自适，仿佛静观人类在灾厄面前还要何去何从?

亚西西的圣方济各在城市广场赤裸身体，把脱下的衣物还给父亲，他说："我把衣物还给你，这身体要荣耀神。"

悉达多半夜出城，断截去头发，走向六年的苦修。耶稣在耶利禾走向荒山，四十日夜不与人言语。

信仰者都从自身傲慢的断绝开始第一步的修行，中世纪欧洲"傲慢"是"七宗罪"之一，信仰者或许都意识到把人推向灾厄毁灭的正是傲慢……不是指责他人傲慢，是彻底反省自身难以根除的傲慢。

这只斑鸠，容易错过，容易忽视，今日有缘，看见了，心存感谢。

142

橙黄绯红

二〇二〇年十月三日

也许应该在这个季节想起诗人的提醒："一年好景君须记。"他记得的是"橙黄橘绿"，我记得的是"橙黄绯红"。

下过一阵小雨，秋分到寒露，一日凉似一日了。

绯红的花瓣凋落，橙黄的蕊芯像这几日澄净清晨初日的明亮熠耀。蕊芯里藏着初结成的莲蓬，莲蓬里躲着一颗一颗饱满圆实的莲子。

荷叶上留着的透明滑溜雨珠也都不能不记得，每一滴雨露都好，也都应该被记得。

144

在超过一百万人死亡的时刻，静看自然中的生死，花开花落，结成果实种子，检查自己身上未尽除的骄矜傲慢，反省自己不克自制的偏执狂躁，静观爱恨，在众生的受苦前要一日一日学会懂得低头读经的意义。实无一众生得灭度……

所以，应该侥幸自己的幸存吗？

所以，应该幸灾乐祸任何一众生的感染或死亡吗？

在喧嚣着无所不用其极的心机狡诈斗争的凶险波涛的大海，如何一念单纯，度一切苦厄。

因果是爱，因果也可以是恨。爱如花开，恨也可以结果实累累。

菩提树下，他说：于一切有情无嗔爱——

所以，恨要了结，爱也要了结。他是那三千万人染疫者中的一人，不是数字，是真实的众生，我便要为他读一次经。

一年的好景，橙黄、绯红、橘绿，都好，有一时的缘分，缘分或深或浅，如果无贪无痴，也就无挂碍，无牵扯，无无明的纠缠捆缚。

146

淡远

二〇二〇年十月四日

　　主人在茶室插了一些秋天的树枝，枝叶在光影里摇曳，白粉墙上就投射出浓淡深浅不一的墨晕，很像明代最富创意的水墨画家徐渭的《杂花卷》。

　　水墨传统一直和欧洲的蛋彩画、油画不同。蛋彩、油料都试图凝聚颜料，水墨的追求却是漫漶晕染，追求层次上的淡远。

　　浓淡深浅不一的墨晕，像岁月久远后留在墙上的水痕，斑驳漫漶，淡到不容易察觉。是时间的记忆，也是时间的遗忘。

　　对岁月无记忆，对岁月只有自我太强的爱憎执着，都不容易体悟水墨的淡远。

　　徐渭的生纸泼墨，愈淡处愈见功力。

　　创作者静观记忆深处，岁月流逝，无惊无喜无憎无爱，淡淡的怅惘，船过水无痕，知道爱憎惊喜都只是自己妄想，便不执着于形相凝聚。

　　想把看到的视觉记忆一点一点遗忘，静坐观想，幻相就只是幻相，漫漶散去，没有惊喜，也无爱憎。

　　与徐渭品茶，一两句对话，下午光阴就这样过了。

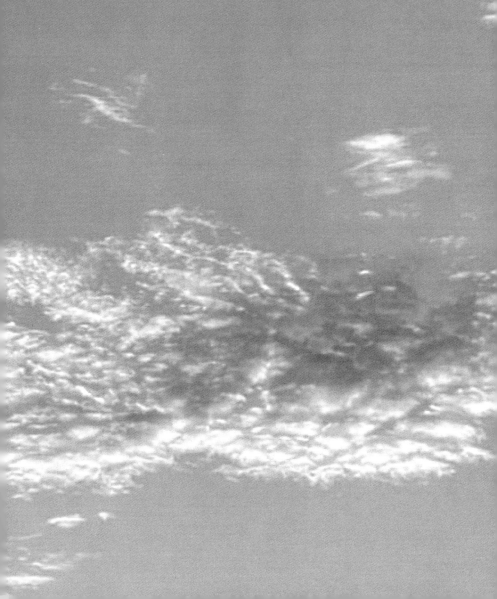

寒露

150

含笑

二〇二〇年十月七日

寒露，清晨到清觉寺礼佛。

寺院中的老含笑开得极好。一朵一朵象牙黄的花蕾，疏疏落落，隐秘躲在浓郁的绿叶间。花瓣小心翼翼重叠包合着，含着笑，仿佛害怕一太过张扬，喜悦的香气就要立刻散去。

生命慎重内敛，珍惜自己，内含的芬芳就悠长久远，耐人寻味。

含蓄，内敛，寒露之后，正是适合学会收敛的季节吧！

谢谢含笑提醒我什么是"饱含生命的气息"。

152

血桐

二〇二〇年十月八日

　　不知道为什么，看着一片血桐的叶子很久。

　　找到中心点，看每一根叶脉的分布，有很规矩严谨的秩序。主要的几条脉络之外，还有分布着更细微的旁支。像我们的心脏，像我们的肺叶，也一样有着这样严谨规矩的脉络秩序结构吧？

　　古人说的"格物"，是不是这样不含任何主观成见的观察？

　　如果是植物学家，应该可以观察到更深入的叶脉与输送水分，或者，叶片与日照光合作用的关系吧……

154

　　如果我先有了成见，先有了好恶，先有了结论，会不会没有办法冷静客观做细节观察？

　　有人说我们在"后真相"时代。因为信息快速、繁多，人无从选择，急于下结论，慢慢少了"格物"的耐性。没有格物做基础，知识常常只是情绪与成见的好恶，省略了自我观察、沉思、判断的过程。

　　"后真相"时代，快速拾取耸动简单的结论，每一个结论是一个标签，标签贴在自己身上，也贴在别人身上。利用社群媒体，一呼百应。

　　贴了标签，只相信自己要相信的"真相"，无法沟通，没有对话；看似"真相"很多，各说各话，其实也就可能没有真相可言。

　　愈来愈害怕快速下结论的人，愈来愈害怕强迫别人接受自己是唯一真相结论的人。

从"标语"的时代长大，满街都是"做堂堂正正的中国人"……到处是标语。一直到巴黎读书，二十五岁了，走在街上，忽然看不到标语了，觉得莫大的自由，才从标语解放，认真思考自己要什么，不要什么。

标语、标签，意义究竟何在？

很难想象巴黎街头忽然到处出现"我是××人"的标语口号。

蛮横不容讨论的口号、标语，愚弄了一整个时代头脑简单的民众，我们还要再制造口号标语，我们还要人民大众被口号标语牵着鼻子走吗？

我只想回来细看这一片血桐树叶，可能是上亿年形成的伟大耐人寻味的生态。

韭菜酱

二〇二〇年十月十日

　　台湾的大街小巷常常隐藏着令人惊讶的文化传承。以小吃来说，许多是米其林的二星三星也无法比拟的。

　　这家台东偏乡的小店，葱油饼极好，全部现做，外松脆、内柔韧，都会已长久吃不到这样爽口有嚼劲的葱油饼。

　　一张现做的饼，三十元，对切成四片。最让人惊艳的是免费的韭菜酱，细韭菜切丁，可能捏了一点盐，抹在葱油饼上，滋味无穷。

　　每次吃都惊讶这样的搭配，是如何费心料理出来。店里客人多，店主一家三口，忙里忙外。偶然稍闲下来，才会教客人如何把韭菜酱抹匀在葱油饼上，搭配着吃。

158

　　性急粗心的客人常常吃了饼就走，撂下韭菜酱。看到很替他可惜，少了人生一道美好滋味。

　　有一天去得晚，客人散了，主人不忙，我才问："这韭菜酱怎么这么好吃？"

　　主人微微一笑，知道有人识货，就告诉我："没有秘诀，就是一定要选在地的原生韭菜。"

　　我恍然大悟，小时候韭菜的辛香，都是母亲院子种的新鲜韭菜。曾几何时，韭菜细叶"改良"成宽叶，又长又肥大，长得很快，却也失了香气。

　　为什么免费的韭菜酱要这么花心思挑选？为什么没有利润还可以这么讲究认真？这可能是繁华奢侈好做表面功夫的都会商业头脑无法理解的逻辑吧？

因为莱克多巴胺猪肉要来台湾了，我因此常常问自己：人类为什么要用药剂催生植物动物，改变基因？说得直白，会不会也就是为了快速赚钱？

然而，恶性的市场经济，赚不应该赚的钱，毁坏自然、毁坏人体健康，失去真实生命的品味，所为何来？

庆幸在岛屿的偏乡还保存着让人安心的素朴本质，但是政治助虐，都会奢华虚假价值变本加厉，排山倒海而来。看着这一盘台湾原生种韭菜酱，心中慨叹：这安静美好的庶民家常生活能够阻挡多久？

入秋

二〇二〇年十月十一日

　　知本乐山的栾树从黄花结了红色荚果，纷黄骇红，使一片向阳的山坡在日光照耀下显得异常缤纷。

　　如果不是入秋的花果变化，远远看着，其实无从知道有这么多原生种的栾树。

　　季节自然运行，每一种生命各有灿烂绽放的时间，看别人开花风光，也都不急，躲在别人认不出的角落，安静等待属于自己的时刻。

　　这一片山坡的缤纷让我想到日本入秋后的山景，曾经在高野山看过，也是寒露霜降之间，枫、槭开始由黄转红，像织出的锦绣，令人流连赞叹。

　　日本的赏枫已成一种仪式，也形成巨大的商业炒作，牵连着旅行业、餐饮业、旅馆、交通业者一大批商业链的生存。新冠疫情无预警地让一切惯性的操作停止，此时高野山的枫叶也刚刚初黄要转红了吧？

如果不是疫情，我大概也已在赏枫的旅途中，或正计划启程。

原来人有很多选择，也有很多可能，有时候商业宣传力量很大，不知不觉跟着走，对抗不了社会潮流惯性，以为非这样走不可。

疫情像一种天意，让自己停下来，重新思考。不出国，不去日本，不赏枫，往东部山里荒远处走，好像正遗憾今年看不到枫红，面前就遇到一片有缘的美丽栾树，纷黄骇红，和枫叶一样灿丽美好。

162

多事

二〇二〇年十月十二日

今天在清觉寺礼佛，很开心，寺庙里新换了野姜花。大殿里浮动着一缕一缕浓郁的香，礼佛时也觉得佛就微笑端坐在洁净雪白的花丛上。

昨天晚上看到路人辱骂一条狗，不知道为什么那样愤怒，言词粗鄙，诅咒残酷，我真心希望那条狗听不懂人的言语，但它应该看得懂人的憎恶、狰狞表情吧。

突然如陷无明，仿佛知道这狗前世恶吠过人，今世要有这样的因果吗？

姜花与佛都无言语，因此多事，在佛前为那人与狗读了一段经。

164

想跟你说

二〇二〇年十月十三日

想跟你说昨天都兰山上的晚云——

想跟你说天空的洁净——

想跟你说云如何拖长地逦像自由自在嬉弄身体的孩子——

想跟你说神迹似的光，在云朵上绽放——

你一定可以更爱这里的风，无所局限，无所束缚，让每一株树都确定自己存在的意义，在成长中感谢风，感谢阳光，感谢雨水，感谢土地和四时的星辰……

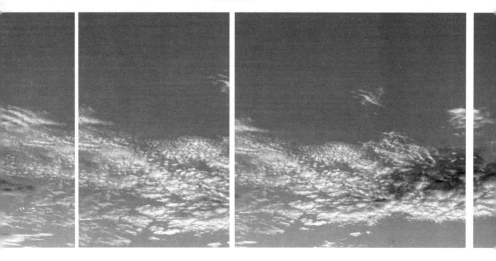

166

自画像

二〇二〇年十月十五日

　　秋凉以后，很适合读村上春树的《弃猫》。

　　作家在盛壮之年，写《世界末日与冷酷异境》，写《挪威的森林》，看到如花绽放的才华，悠游在艺术创作的奇想表现里，处处拼贴华丽又诡异，颓靡伤痛又带着身体温度的视觉意象。

　　二〇二〇年，村上过了七十岁，画过了许多画的画家，忽然坐在镜子前，凝视端详自己，询问自己：我可以好好画一张认真的自画像吗？

　　自画像需要的不是技巧，相反的，可能是放弃技巧，回到最平实的语言，回到最素朴的心，写一生没有好好面对的自己、自己的父亲。写父亲战争归来每个清晨佛前的静拜沉思。写一只因为怀孕要被遗弃的猫，写那个遗弃在海边的孤独纸箱，写父子急忙骑车回家心里的愧疚？

"怎么这样遗弃生命啊？"真正的文学最终都回头凝视自己，询问自己："怎么这样遗弃生命啊……"

很简单的一本书，很容易读的一本书，却是在这即将霜降风寒飒飒的季节给我最多感怀的一本书。

走过许多虚浮繁华，目迷五色，创作者最后面对的却一定是一张诚实的自画像吧……

村上终于画出来了，这样初老的心境，正是这个季节的秋声，秋水，秋风，我一句一句慢慢朗读，听喧嚣热闹繁华都过了之后，那静定沉淀的秋天的声音。

168

桂花

二〇二〇年十月十八日

秋天是桂花的季节，桂花在视觉上不抢眼，花形不大，色彩也不特别夺目。躲在树叶间，不容易发现。

点点，颗颗，粒粒，小小的，不在视觉上争胜，桂花却有它嗅觉上不可取代的独特性。

秋风习习，风里一阵一阵若有若无令人醺醉的甜香。即使四处寻觅，可能什么也找不到。然而总不死心，因为嗅觉这么确定，那是桂花的香，淡远悠长，没有其他的香味可以取代。

嗅觉比视觉的记忆更缠绵、更久远，像拥抱过的一次爱人的体温，可以陪伴你度过好几世暗黑甬道的荒凉。

我在日本有马看过比较艳的丹桂，在杭州看过璀璨的金桂，但更喜欢米白雅致细小的一般桂花，开在平常人家，无一点喧哗嚣张，静静安分为秋天的寻常巷弄增添一段喜悦。

你看，走过的路人都四处张望，频频回首。

桑布伊
二〇二〇年十月十九日

　　刚从知本卡大地布部落回台北，在云门听桑布伊唱歌，他的歌声里有
山谷沉厚遥远的回声，也有知本溪清冽潺潺的流水声。

　　山川孕育了人文的精神，在没有污染破坏的清净环境成长，人的身上
就带着自然的魂魄。

　　桑布伊有一首歌是吹口哨。他说，在部落里，族人希望有风来，就吹
口哨。他说，妈妈用木杵舂小米，舂完小米，用筛子筛，希望有风帮忙吹
去小米的壳，这时就会吹口哨。

　　他的口哨真好听，是呼唤四方的风的声音，是我在知本大山长谷里听
到长风几万里的声音。

　　一代一代外来强势的文化都没有真正伤害到岛屿部落与自然悠长美丽
的对话。桑布伊，让岛屿再一次听到呼唤风的灵性之歌。

　　挤在都会争吵，相互辱骂，不如走出去，听大山大海呼啸，听日月星
辰流转，不嚣张、不傲慢、低下头，静静地听，都还听得到。

钳

二○二○年十月二十一日

在市场看到这个画面，忽然想起母亲，或者那缓慢讲究精致时代所有的母亲。

她戴着老花眼镜，手里拿着一片猪皮，右手一支镊子，正专心致志，把猪皮里的毛一根一根钳出来。

是的，以前的食物好吃，洁净、营养，是这样认真在生活里慢慢经营出来的。

我看过现代的肉贩用火焰枪烧猪皮上的毛，当然，猪皮里的毛根都没有剔除干净，还在肉里，也一样吃到人的肚子里去。

　　讲究、精致、慢，逐渐远去成为神话，市场人来人往，很少有人注意这画面，年轻人看到也似乎不知道这是在做什么。

　　快速、急、粗糙，文明在生活里一步一步沦丧而不自觉，其实不是盖几个空洞"文化中心"就救得回文化的。

　　"镊子"是一个物件，"钳"是一个动作，文明丧失了这动作的能力，手的能力退化，也是思维的退化，也是心的退化。

　　小时候帮母亲钳出猪皮里的毛，学习专心、耐心，在针尖一样的毛孔里钳出一根一根的毛。生活里事事有敬，生活里事事都是学习，是手的学习，也是心的修行，没有空洞的教条。

　　手机的时代，要如何救回人类自己的手？要如何救回人类自己的心？

霜降

七等生

二〇二〇年十月二十七日

　　海河交界的风景是多变的，因为潮汐来去都很汹涌，涨潮时像万马奔腾，盈耳都是轰轰的澎湃，惊天动地。

　　退潮的时候却异常安静，水波悄悄在河滩泥泞细沙间溜走，无声无息，像自己身上的岁月。

　　海河交界，可以动，也可以静，可以咆哮愤怒，却也低回温柔，无缘无故就惋叹缠绵起来。

　　海河交界，色彩也很多变，涨潮的时候，蔚蓝的海水一绺一绺涌进来，浊黄的河水就一波一波退到岸边。浊黄的河水多带着上游山里的泥沙，和澄净蓝色的海水每一日都用潮汐对话。

　　我曾经担心过海河交界的两岸过度开发，许多杂乱的建筑不断无节制增长，像都市的恶性肿瘤，破坏了海河的宽阔美丽。但是，还好，秋日大潮汹涌，又觉得人如何自大，还是渺沧海一粟。远观的时候，就发现真正的风景依然大气磅礴，有一天反扑，小小的人的杂乱也还是会被收纳进自然的秩序中去吧。

霜降后一日，七等生走了。他曾经是我迷恋过的作家。大学时读《我爱黑眼珠》，震惊于七等生笔下的台北可以一夕间洪水暴涨，淹没着繁华城市，书中的男子仓皇和城市居民一起避难，爬上高楼屋顶，看着不幸者坠落洪流，瞬息恶浪卷走。

七等生总是写灾难里人拥抱着的身体，很像伊冈·席勒（Egon Schiele）的废墟上的人体。那是上个世纪六十年代的岛屿城市，繁华里交错着毁灭，七等生、陈映真，都书写了那个时代莫名的落寞感伤。

我曾经请七等生到我的大学演讲，努力宣传，来了不少学生，满满一堂，然后像耶稣一样的七等生坐着，一语不发，很久很久，他微弱地说："今天不想讲话……"

校园里很久传扬着这故事，当笑话谈，或愤愤然以为神经病。

不知道为什么忽然想念起七等生，想念起那个时代，可以这么决绝说："今天不想讲话。"

有一天岛屿遗忘了七等生也没有关系，他并没有想要被记得。他说，我是无政府主义者（anarchism）。陈映真最早的小说《我的弟弟康雄》也在日记里说："安那其。"

离"安那其"很远了，名字希望被记住，希望刻在石头上，都离"安那其"很远了，所以七等生走了。

听说他遗嘱海葬，所以会有时随潮汐回来吗？

178

相思

二〇二〇年十月二十九日

秋天山上的相思树，枝干如梦般悠悠长长伸展，叶片重重叠叠，光影迷离错落，在风中微微摇曳晃动，好像自己跟自己说着午后说不完的话。

疫病没有停止，在所有骄矜、自大、幸灾乐祸的喧闹狂妄城市里继续蔓延。病毒仿佛安静隐忍在最看不到的角落，不知道他何时来，何时去，人类对他一无所知，大众继续随政客口沫横飞信口聒噪，病毒便仿佛借着那肆无忌惮狂妄飞扬的口沫快速蔓延扩散。

口罩或许要永远戴着了，也好，为了防止病毒扩散，也为了世界可以更安静一点吗？

竟然听得到秋日午后山上相思树叶叶片在风中窸窸窣窣的对话了。

180

印记
二〇二〇年十月三十日

在朋友家看他的收藏，看到一方熟悉的印记，忽然缅想起那个时代。

东方的书画里有阅读不同时代印记的快乐；因为一方印，历史可以□溯，帝王的富贵，宫廷的华丽，画苑的人才济济，富足安定的繁华，升平而优雅的时代。看着那飞舞的双龙，张牙舞爪却不粗暴，仿佛图案设计却又变化多端，线条的韵律活泼生动。

看了很久，那朱红的双龙，像娓娓诉说着遥远的一千年前故事，一□间的国破家亡，繁华如梦。不知道皇室上百人被俘虏去北地的时候，蹉□于流亡途中，帝王的身上是否还携带着这方印章？

许多雅致的书画上有这方印，是研究者考证真伪的依据。如果不是□了考据，那朱红的印其实很像身上的胎记，像前世痛过后仍然不平复的□抹血痕；在肉身走后，犹留在书画上，停留在不肯轻易漫漶毁坏的纸绢上□如此顽强，对抗着时间，在时间里成为久久无法逝去的魂魄。

我们也都有自己的一方印，忽然想起所有逝者的印，是否也都随肉□灰飞烟灭了。

182

秋浦

二〇二〇年十一月一日

贪看白鹭横秋浦，

不觉青林没晚潮。

这是苏东坡晚年在海南岛写的诗句。

刚好是秋天，走到河边，也遇到大潮，潮水一波一波，淹没了青翠的红树林。

不知道为什么秋水如此荡漾，我也停步，贪看白鹭觅食。

因为两句诗，时间仿佛重来，那个贪看白鹭的流放者，不知不觉，潮水像自己身上的时光，瞬间淹没了青春。

诗句并不遥远，诗句常常就在身边，就在眼前。

画山水

二〇二〇年十一月二日

一直有一个梦想：要画出岛屿东部令人赞叹的山与海。

试过水墨，也试过油画；试过布，也试过纸。

最近放手用各种材料，一种法国制的衬纸棉布，可以粗犷也可以细致，可以拉线条，也可以堆栈色块，很顺手，就试着把碳精笔、压克力、粉彩、水墨一起混合着绘画记忆里忘不掉的岛屿东部大山。

大约是两米长宽，要用全身去勾勒，画到气喘，全身是汗，但真开心。

材料或许不是干扰，是东部的大山的连绵不断，要在画布上骚动、战栗、顽强站立起来。

可以把自己的生命许诺给一条这样的山脉吗？

　　我们的身体原是一幅永恒的山海风景，像盘古倒下去的身体，大地田土，山脉起伏，丛林如毛发，岩石崚嶒骨骸，血脉流成迢迢长河，泪也要如清溪潺潺低泣，或海波荡漾号啕⋯⋯

　　那是菲律宾板块和欧亚大陆板块上亿年挤压的结果。焦虑、恐慌、热烈而不断运动的大山，从太平洋最深海沟处升起的颤巍巍的悸动渴望，像大山与大海的剧烈交媾，在峰岭波涛高潮之中缠绵的拥抱和撞击，在一世一世大地震与大海啸的毁灭里存活着，生殖一代一代可以爱也可以恨的子民。

　　我梦想画出岛屿东部的大山大海大地，没有被毁坏、污染、糟蹋，勇敢对抗扭曲、对抗压抑的真正风景。

岁月，莫不静好 霜降

月光

二〇二〇年十一月三日

　　霜降后十日，月圆，在岛屿尾端的旭海，看山棱线树梢上渐渐亮起来的月光。因为没有光害，月光的亮显得惊天动地。又想起王维诗句说的"月出惊山鸟"，是的，我听到鸟的哑哑叫声，它们也仿佛从宿世沉暗无明的懵懂里恍惚惊醒，看着自己的影子惊叫着。

188

青葙

二〇二〇年十一月五日

　　在排湾人旧麻里巴部落看到很美的青葙，白色和紫红的搭配也像部落传统的衣饰织染，人总是从自然中学习，做很多美的功课。

　　记得"青葙"这个名字，记得岛屿许多部落与自然对话的久远传统，记得那些缤纷的色彩，来自山野原生植物的色彩，灿烂夺目，成为优秀族群身上不朽的编织印记。

　　部落的传统是色彩的记忆，是歌声，是舞步，是敬重天地山川的仪式；岛屿可以找回这些记忆，尊重这些记忆，传承这些记忆吗？

189

立冬

192

雨过天青

二〇二〇年十一月十二日

立冬，从牡丹湾走旧南回经太麻里去台东。

台风刚过，惊涛骇浪之后，太平洋平静如一张新展开的丝绸。

雨过天青的优雅沉静细致，使人想起《红楼梦》里贾母存在库房里四十年舍不得用的"软烟罗"，其中就有雨过天青色。轻、软、柔、细，透着晨光，有色无色，一片烟岚，静静从深谷里慢慢升起。

雨过天青是后周世宗某一个雨后看到的天色吧。他珍惜那天空的颜色，钦命陶瓷工坊研发成釉色，之后，烧制出汝窑。

历史记得他，不是因为他是帝王，而是因为他为我们留下了那一片雨过天青的天空。

我们有时候不知道自己在福气之中，像今天太麻里的这一片雨过天晴的天空和海洋，恰恰好是一盅如此安静祥和的汝窑如玉润般的秘色。

淡蓝隐绿，流动着浅灰云层中即将透露的微光，那是汝窑，是雨过天青，是惊涛骇浪过了之后视觉上极致的记忆。

繁华去尽，风雨都歇，知道有好几世的福气，才遇到此时天晴，珍惜眼前这极致的天地秘色。

194

黄金稻穗

二〇二〇年十一月十四日

立冬当天回到池上，收割的季节，一片灿烂耀眼的黄金稻穗。

雨后初晴，大团云块涌积在中央山脉的谷壑里，像热烈拥抱的人体，纠缠推挤翻卷。

近处丘岭岗峦，一丛丛绿树枝叶，也在风里蜷曲律动。天地的安静中其实有许多渴望与骚动。

眼前的风景像极了梵高在圣雷米精神疗养院从窗口画的风景，一样的岗峦起伏，一样密聚的浓厚云团，一样的金黄色田亩，只是他画的是麦田，也上是稻穗。

画了好几年的池上风景，仿佛也有梵高魂魄守护，云山苍苍，可以远远呼唤孤寂者来，一起静观云起云灭。

忍冬

二○二○年十一月十六日

因为空气极好，在池上的民宿睡得很沉稳。

夜里下过雨，醒来时空气里闻到各种植物在潮润的风中淡淡流动的气味。几只狗也都悠闲，跟人摇摇尾巴后就各自到初升的阳光里伸懒腰或打滚。

天地间自在自信的生命总是美的。民宿主人也美，开心打招呼说早安，开心忙着准备客人早餐。很精致的手工小米粥，很精致的蘸酱杏鲍菇，一些野菜，一小节现蒸竹筒饭，量恰到好处，味觉也恰到好处。

美，常常是分寸的拿捏，过犹不及，太多、太少，都不会是美。太嚣张狂傲的自大不是美，太委屈窝囊的自卑也不会是美。美是从容自信，美是回来做真实的自己。

社会上偶尔会遇到狺狺然的声音，总觉得可怜，生命若有充足自信，大概不会把攻击咒骂他人伪装成自信吧……

餐食结束，看山脚下山峦间云卷云舒。

主人端来手工调制咖啡，我留下了餐盘上从院子摘的忍冬花，让那一夜雨水滋润的忍冬的悠长香味，陪伴这奢侈的早餐时刻。

198

洛神花
二〇二〇年十一月十七日

今天在池上海岸山脉坡地上看到一片洛神花，花正盛开。

东部纵谷很多洛神花，据说二十世纪初就从印度、马来半岛引进，生长在山坡野地上，不需要农药，长得极好。

洛神花是锦葵科植物，所以花和木槿的花相似，淡黄色，蕊芯有浓艳的紫红，和台湾河岸边常见的黄槿形状色彩都类似，只是洛神花花瓣黄色较淡。

我们一般看不到真正的洛神花，坊间误称为洛神花的，其实是紫红花萼厚肉形成的蒴果。

纵谷人家常用洛神花沏茶，透明如红宝石的色泽好看，入口微酸，听说帮助降血压、血脂、胆固醇，是这几年讲究健康的最夯茶饮，其实腌渍后也极好吃。

以前读曹植《洛神赋》，赞叹"凌波微步"这么美的文字，赞叹一段激情又虚幻的爱情，此刻的"洛神"就在眼前，真实而又平常。

200

育生与小雪

二〇二〇年十一月十九日

　　多年前去牡丹湾时认识了民宿的工作人员任育生。他带我们走加禄奶生态园区，老牡丹社的部落所在，一路认识了很多植物，经过二叶松林，会停下来让我们听一听风里的松涛。

　　育生身体魁梧，一看就是长年在山野里行走的人，沉默不多话，谦逊自然内敛。

　　我常常观察喜爱大自然的人，大多胸襟开阔，没有小器琐碎的计较，知道万物并育不相害的道理，对任何一种生命的存在都有尊重，没有偏执，没有贬损，很少嗔恨。

　　这一次来牡丹湾，他跟我介绍了名叫小雪的白鹭，说小雪总是十月准时飞来，栖息半年，四月左右又飞走了。有了名字的一只鸟，离去的时候也会让人低唤它的名字无限思念吧……

　　连续几天，我在小雪栖息的湖畔用手机拍了许多照片，也很得意地拿给育生看。

　　他笑笑没说什么。

　　我离开后他传了他拍摄的小雪，展翅飞掠过湖面，双足轻盈，仿佛与水面倒影对话和声，宛转悠扬，比美最好的芭蕾舞者。

　　这是曹植《洛神赋》里"凌波微步"的美丽诗句啊……

　　我短暂的停留毕竟无法像育生长时间与小雪的相处那么深刻，可以捕捉到小雪最美的身影。

　　育生大概也没有把在牡丹湾的工作当成工作，至少不是沉重的负担，所以自得其乐，不只善待来住宿的客人，连小雪这样一只来过冬的白鹭也尊重珍惜，深情缱绻。

　　他应该比我更知道《金刚经》里说的"众生"的真实意义吧。

　　谢谢育生。

山川无恙

二〇二〇年十一月二十一日

　　来往于花东纵谷和台北盆地之间，火车上会经过这一片熟悉的仿佛镌刻在骨髓里的风景。

　　每次买票都会央求给我靠窗的位置，经过的时候可以像重新看自己钟爱的电影，一次一次停格、倒带，回忆这画面和自己生命无数次的交错，会面，擦肩而过，频频回首。

　　路过的风景，可以稍纵即逝，也可以存留很久，像一张老照片，随岁月老去，泛黄，褪色，折损，有了霉斑，但是留在抽屉一个珍贵的角落，无论如何也不会轻易丢掉。

204

　　年轻的时候曾经走进这风景，在两座山之间
开阔的河口启程，拦了运木材的卡车，沿着溪谷
河床入山，一路很颠簸，但是两岸满满的野姜花
浓郁的香缠绵到让人如此迷失，长风扬飞，像飞
翔，也像坠落，青春欣悦陶醉，想哭，却傻笑着，
失魂落魄。

　　年轻的背包客都唱起歌，歌声在大山里回荡，
直上云霄，山鸣谷应。

　　这个季节，过了立冬，云团低郁沉暗，像孤
独者再次魂魄入山远去，一个人，不想与人对话，
在天宽地阔、山高水长处坐下来，有了静观众生的
缘分。

205

车行速度很快，我的手机还是在时光刹那间留下了这宿世记忆的风景。

山川无恙，人世安稳。

小雪

208

佛堂

二〇二〇年十一月二十二日

　　云门有一个佛堂，全部用台湾桧木装修，几年了，香味仍在，那木质
的芳香使我安定。

　　佛堂供着舞团带到世界各个剧场去的佛像，佛像前总有一碟香花。

　　表演者一地一地巡回演出，每到一个剧场，都先安置佛像，佛像安置
好，好像也就安了心。

　　舞者、工作人员早晚到剧场，演出前，演出后，都到佛堂静坐礼拜。

　　巡回时间有时长达两三个月，异地流浪，心神不定，各种意外状况都
可能发生，有一个可以让大家安心的空间，有一个可以让大家静定下来的
地方是重要的。

　　社会骚乱不安，极端对立，彼此攻击辱骂，各自都以暴烈情绪消耗着
岛屿的祥和福分，不知灾厄也许就在眼前。

　　小雪前一日，我来云门看布拉瑞扬舞团五周年纪念演出，也到佛堂静坐
知道今日有要纪念的事，知道今日有自己应该记忆的事，有应该追思的人
有应该祝福的无辜者，便在膝上盖了佛堂准备的紫红薄毯，与窗外的竹林田
园，和竹林田园外更远处的大河与观音山上来去自如的云朵问候平安。

210

秋色连波

二〇二〇年十一月二十四日

真的是"秋色连波"了。

小雪那天，白日还有点阳光，一到傍晚就起了风，风里带着寒意，北方的朋友来讯说"下雪了"。我也想起某年小雪当天到日本藏王，也是当天就遇到第一场初雪。

在亚热带，对四季节气变化不容易熟悉，"小雪"似乎是冬天了，其实离真正的"冬至"还有一个月。

"立冬"还在深秋，只是预告冬天将至。"立春"也还是冬天结尾，真正的春天要到"春分"。"立夏"是预告，"夏至"才是夏天了。同样，"立秋"也还燠热，等到"秋分"才退暑热。

我喜欢四个容易误会的节气："立春""立夏""立秋""立冬"，都是上一个季节的尾巴，却又预告了下一个季节的来临。

节气是时间延续的智慧，"立"是自己在无限时间里做的标记，告诉自己：上一个季节要结束，下一个季节要来了。

时光荏苒，岁月推移，舍得，或舍不得，时间都不会停留。像今日小雪芒花苍苍，河边独自一人看秋色连波。

车站

二〇二〇年十一月二十八日

　　新北投旧火车站荒废了一段时间，重新整理，以旧材料拼装改建在原址附近。

　　这个建于日据时代的小火车站我有很深的情感。一九七六年巴黎回来，在忠孝东路四段上班，住家在新北投泉源路山边。

　　下了班，坐公交车到台北站，转淡水线火车到北投，再换一段来往于北投和新北投之间的小火车。下车的地方就是七星公园对面这间样式古朴的小车站。

　　平日乘客不多，车班也不多。有时我也为了等车，在这车站看书。

214

　　这车站是一九一六年的建筑，超过百年了。

　　以后去日本，在许多小镇看到形式类似的小站，觉得非常亲切。日本保存维护旧建筑非常认真，东京如此现代大都会，火车站还是百年老站。

　　台北火车站，如果在，也可以做百年纪念了。可惜。

　　台湾这几年东部许多老车站随意拆除，令人不解。历史是记忆，车站是好几世代许多人共同出入的记忆，月台上有许多人生的相遇与离别。

　　共同记忆是文化美学的基础，所以巴黎收存十九世纪印象派艺术的奥塞美术馆是老火车站改建。

美，是许多人共同记忆的积累。

我在新北投火车站沉思了一会儿。虽然荒废了三十年，虽然不是原址，虽然是重新拼装，我还是珍惜。

夸夸其谈爱台湾，不如实实在在护佑好历史，护佑好几世代人共同的生活记忆。

族群疏离撕裂都是因为失去了共同记忆，没有共同记忆，其实无"爱"可言。

记得"车站"，记得好几世众生的相遇与离别。

216

风吹草偃

二〇二〇年十一月三十日

　　小雪后七日，气温骤降，东北季风来袭，风中夹着寒意。

　　河边看芒草，一丛一丛，随风低扬起伏。忽然想起少年时熟读的《论语》的句子"风吹草偃"。孔子也常在河岸边看丛草风中飞扬起伏的样子吗？

　　那一段故事是讲统治者季康子问政，他问孔子：为了使人民趋向"善"，要不要用"杀"？

　　现在的执政者也会有季康子一样的困扰吧？欧洲从上个世纪就从各个领域探讨"死刑"存废的问题。不容易有结论，但是各种从不同角度出发的意见，让大众的思维更成熟周到，不会被粗暴的情绪意气左右。

218

孔子回答季康子的话令人动容，他说了三个字："焉用杀？"

"为什么要杀？"那三个字其实是欧洲讨论死刑存废问题的核心价值。生命存活的意义何在？谁可以判定他人生命的存废？

我喜欢的波兰导演奇士劳斯基在他的《十诫》影集里就深刻以基督教义阐述了现代"死刑"矛盾。许多发人深省的哲学都未必在当时发生结果。孔子回答统治者季康子的话，两千年过去，依然在风中回响。

"君子之德风，小人之德草。草上之风，必偃。"在上位者，居于社会主流，像风一样，言行举止有必然的影响，在下位的人民百姓大众，一定跟风。

季康子也许应该听懂，孔子不赞成"杀"百姓，因为他们只是跟"风"，大众永远是"风吹草偃"，他们若有偏差，真正该"杀"的不应该是他们。

220

大邓伯

二〇二〇年十二月六日

　　朋友家的大邓伯紫花开得极好，在节气将至大雪的深秋初冬，阴云淫雨，一片晦暗，能看到这样明亮温暖的浅蓝粉紫色，真是开心。

　　大邓伯是攀藤植物，藤蔓可以攀上高楼，然后垂下有二米长的花串，像美丽的帘幕。朋友说台湾民间不喜欢藤蔓，有"胶胶缠"俗语，觉得会遭小人纠缠。这意象其实《楚辞》就有，《楚辞》里的藤蔓常被注解为小人。但我喜欢李白的"君为女萝草，妾作菟丝花。……百丈托远松，缠绵成一家"。把"纠缠"正面思考为"缠绵"，李白的心胸宽大很多。植物无辜，还是不要攀附上人的琐碎是非。

　　我第一次看到大邓伯已是四十年前的事了，刚从欧洲回来，景仰作家杨逵先生，听说他刚从狱中出来，住在东海大学对面的山上，我就趁大学教课之便去拜访他。

　　杨逵日据时代留学日本，参与劳工运动，一九三四年写了极好的小说《送报伕》，揭露大财团对底层劳工的剥削，使人感叹社会贫富的差距，资本家大财团压榨劳工，毫无正义可言。

　　杨逵回台湾后持续组织农民运动，为被压迫者发声，在任何政权统治下绝不附和权贵。一九四八年因同仁参与起草"和平宣言"，触怒统治者，被判处十二年徒刑。

　　他终生为弱势者争取平等，进出统治者牢狱，无怨无悔，对抗强势恶霸的资本财团主流，竟然给儿子取名"资崩"，如此坚持"资本主义崩溃"，用今天文青的俏皮话来说大概会讥笑他是典型的"左胶"吧。

我去拜访杨逵时，他就蹲在院子一串串大邓伯的花棚下，圆领汗衫，短裤，拖鞋，身上踏踏实实是一位农民，看不到丝毫知识分子留学生的傲娇气息。以后大概每次去东海都绕道去看他，他说正在跟读小学的孙女学说国语。老人瘦削，轮廓深刻顽强已如雕塑，一生为社会底层争取正义，却可以如此言语温暖，气息平和，无一点怨恨暴戾。

那紫花棚下光影迷离，老人容貌至今仍在，是我难忘的岛屿历史里最美的记忆。

大雪

226

清水断崖

二〇二〇年十二月十日

　　清水断崖半掩映在雨天的云雾里，山崖笔直向上的陡峻的线，升在缥缈的虚无之间，下面是太平洋的无尽波涛，声声不断，仿佛有宿世的话要倾吐诉说。

　　第一次看到这山海的壮丽，是小学毕业旅行，十二岁，从车窗眺望山的峻烈，大海的无边无际的蔚蓝闪耀。匆匆一甲子，仍然记得当时少年被大山大海震撼时的惊动。

　　大自然的壮伟奇绝，可以让未经世事的生命一刹那间懂了艰难，懂了顽强的存活，懂了残酷的压迫，也懂了波涛这样缠绵的爱抚，懂了山与海宿命里亿万年的相遇，纠缠，痴爱，舍离与频频回首。

许多怅然，一甲子过去，断崖多少次疯狂雨骤，多少次山崩地裂，海啸滔天，多少次人车随土石坠落，在海中消逝，无影无踪，"微尘，非微尘，是名微尘"。

为不相识不曾有缘谋面的逝者念一段经，像今日微雨里的波涛呢喃连续不断。

当年紧靠山崖凿琢出的道路也因为苏花改的新路封闭，新路穿行在隧道间，看不到山海的嗔爱缠绵，我就特意下车走到旧路去看看独坐断崖边的少年可好。

228

我还有泪

二〇二〇年十二月十四日

　　知本清觉寺很幽静，寺院中多高大虬老有年岁的玉兰、含笑，三十余株桂花，走到哪里空气中都有淡淡的香。

　　下了几天雨，几株山茶花盛开。

　　都市白茶花容易沾惹灰尘，无法像山林里的茶花这样干净，像定窑白瓷。

　　高枝梢头上的一朵茶花，衬着背后东部洁净蔚蓝天空，仿佛要随云朵飞去。李商隐有惊人的句子："莺啼如有泪，为湿最高花。"生命有这么艰难又顽强的争胜之心，哭时溅泪，也要哭到沾湿那最高的一朵花。

　　累世宿缘，嗔怒爱恨，都要像来人世一遭的绛珠草，要把泪一点一滴还得干干净净，还干净了，就不再有瓜葛。

　　想起多年前自己的句子：

　　我还有泪，要祭奠美与岁月。

　　我还有泪，一点一滴，要还给江山。

230

山静云闲
二〇二〇年十二月十六日

即将冬至，乐山清晨山头一抹微云，静坐看云来云去，云升云卷，无所从来，亦无所去，瞬息幻灭。

想起大学时在竹南狮头山上看到的寺庙楹联：

山静云闲，如是机缘如是法。

鸟啼花放，尔时休息尔时心。

青年时嗔怒爱恨，情绪澎湃，不识机缘，不知休息，常常总要逃到佛经里让自己安静安心。

多年来，那一副对联还常在心中萦绕。

是的，佛法是机缘，领悟也是机缘。生命机缘俱足，也就看到了眼前的山静云闲。

清觉寺这一个清晨仿佛一无心事，诸事放下，走在休息的路上，听鸟不断啼鸣，看花不断开放，世界原来本都如此安好无恙，嗔怒爱恨只是自己多事。

山静云闲

相忘于江湖

二〇二〇年十二月二十日

　　我很喜欢八大山人的画，他画的鱼、鸟都好，看久了，那些鱼、鸟都有人的表情。鱼的眼睛看望着空茫的时间，像是要哭，又仿佛只是淡淡一笑。

　　这个原来是明王朝的王子，青年时遇到清军入关，突然从富贵权势的高峰坠入亡命的深渊。他出了家，一下做和尚，一下做道士，不断改换名字，称自己为"驴"为"哑"，装疯卖傻，度过流亡的恐惧岁月。

　　要有多么纯粹的孤独，才能和一条冷水中的鱼说话，要多么寂寞才能懂洪荒以来鱼在江湖水中逝去看不见的自己的汩汩泪水？

八大山人说自己的画"墨痕无多泪痕多",他很像梵高,他们都是用泪痕入画的画家,只是梵高浓烈溅迸,八大清淡苍凉。

八大山人的鱼是庄子哲学里的鱼。两千年前,庄子看到泉水干涸,两条鱼要干死了,拼命用口水湿润对方,这样的"爱"能维持多久?

庄子叹了一口气说:"相濡以沫,未若相忘于江湖。"

庄子借着两条鱼,可能说了我们每一天与人相处的状态,我们爱父母,爱兄弟姊妹,夫妻相爱,朋友相爱,庄子冷冷看着,人们在死亡前如此用口水湿润对方"相濡以沫"。

庄子热泪盈眶,他想跟用口水彼此湿润的生命说:这样相濡以沫,何不在广阔自由的江湖中忘了彼此?

"相忘"会不会是更大的爱?"相忘于江湖"会不会是对生命个体自由更根本的尊重?

哲学重要的不是结论,而是思考的过程。

我很庆幸有日常生活里家人朋友相濡以沫的爱与温暖,却也向往相忘于江湖的自由,不牵绊拖累他人。

庄子哲学提醒我儒家强调的"爱"之外,应该还有更广阔的爱的祝福吧!

在愈来愈严重的疫病蔓延时刻,"相忘于江湖"让我想到此时此刻的"社交距离",慎重不要随便"相濡以沫"。

冬至

善念

二〇二〇年十二月二十三日

冬至后，在城市广场散步，细雨霏霏，轻如薄雾，身上没有沾湿的感觉。倏忽间云隙又透出阳光，城市上空一道清晰的彩虹。

也许是连日阴霾淫雨使人沉重沮丧，也许是因为有一点点阳光露面，又唤起了人们怀抱希望。

人类在忐忑不定中活着，常常因为自大任性骄矜跋扈，就从幸福云端瞬间坠落深渊受苦，有一点谦卑，就多一分福报。

俄罗斯古老寓言的故事，一个坏妇人总是恶待穷人、打骂奴仆，但是有一天看到老乞丐，突发善意，舍了一根葱。

妇人死后，因为生前恶事下了地狱受苦，但因为生前那一根葱，她有得救机会，便抓着那根葱往天国去，这时有另一人来抢，也要抓着葱离开地狱。妇人大怒，用手劈打、大声宣告："这葱是我的。"她刚说完，就从云端又坠入深渊。

　　青年时读的故事，一直记得，害怕自己不小心就自大说："这是我的。"《金刚经》说"无有福报"，"所作福报，不应贪着"，谨记在心。

　　彩虹是古老的神话里上帝和人类立誓约的印记。饱受大洪水暴雨四十天折磨惊吓后，人类看到彩虹，知道神的诅咒已过，祝福降临，阳光重现，大地复苏，可以喘一口气，过平安的日子。

　　走在城市广场，看到彩虹，合十为众生祈福，平安夜应该平安，新年元旦，第一个黎明，心存善念，便可逢凶化吉，风调雨顺，国泰民安。

岁月，莫不静好　　　冬至

天地无私

二〇二〇年十二月二十六日

过了冬至，城市的连日阴雨、寒风湿冷让人们穿着沉重厚外套，戴着帽子，围满围巾，瑟缩着匆匆走过。

身体瑟缩，大概也影响心灵的瑟缩吧。紧闭不敢打开的门窗也让日子显得阴霾晦暗。

冬至后五日，在棉被里窝久了的身体，感觉到窗帘隙缝透出一点点亮光。心里疑惑：天晴了吗？风雨止歇了吗？阳光出来了吗？

一连串的疑虑，半是怀疑，半是盼望，走到窗前，推开窗。

窗外大河浩荡，波光粼粼，缓缓流过。窗下是大片蔓延长得极蓬勃壮硕的红树林，微微吹南风，风里鸟声喧闹啁啾。

远处是笃定稳重的大屯山，山头上旭日初升，一朵一朵幸福祥云向蔚蓝的天空升起。

山高水静，天长地久，一年疫病灾难不断，我执深的人，如被激怒无知的兽，轻易叫嚣互骂，龇牙咧嘴，争斗厮杀，陷在无明愚昧中，为眼前下一点点赢沾沾自喜，为一点点输愤怒跳脚，嘴脸歪斜扭曲，抱怨天抱怨地。

此时山河平和绵邈，窗外仍然是平常的岁月，天地无私，其实处处都是祝福。

240

停船暂借问

二〇二〇年十二月二十八日

　　两艘船在河面上并肩而行，一远一近，像是结伴同行，也可能只是陌路相逢而已吧。

　　想起唐诗里我很喜欢崔颢写的《长干行》："君家何处住？妾住在横塘。停船暂借问，或恐是同乡。"

　　《长干行》本来就是民间乐府歌辞，有民歌不卖弄文字的素朴。横塘在哪里？有各种不同说法。但从三国以后，横塘就出现在诗人作品中。

　　唐代好几位著名诗人都写到横塘，经历宋、元、明、清、民国，横塘慢慢演变，不再只是地名，已经积累成为文学史上极富诗意的一个美丽意象。不限定是一个固定的地域，诗人创造了心灵上自由无拘束的"横塘"，是水上的横堤，是船只聚集和擦肩而过的江岸。

陌生船家男女邂逅，隔船咏唱小调，歌声悠扬，彼此调情嬉笑，船过水无痕，剩下水上余音袅袅让诗人感怀吧！摆明是搭讪调情，横塘女子明色大方，问邻船男子住哪里，也说了自己的居处——横塘。

人生旅途，或许难得有一次"停船暂借问"，骑着摩托车，脚踏车，或捷运相遇，擦肩而过，春光明媚，看到陌生人，情不自禁，会不会想停下来，问一声："君家何处住？"

我喜欢唐朝的诗，没有文人的忸怩作态拐弯抹角，传承了原野长河庶民歌声的质朴大方。"或恐是同乡？"结尾这样好，真是唐朝的雍容大气。

走到天涯海角，我们还能保有人的单纯宽阔胸怀，无所畏惧，无所顾忌，大胆跟陌生者说"或恐是同乡"吗？

山茶
二〇二一年一月一日

二〇二〇，庚子，许多人会记得这一年。疫病蔓延，从一个地区到另一个地区，从一个城市到另一个城市，从一个国家到另一个国家，从一个洲到另一个洲。

城市、国家、洲，原来都是人类自己制作的分界，对病毒而言，并没有分界。

人类用自己制作的分界隔离，以为可以自保。疫病快速一一突破，上千万人感染。"微尘，非微尘""世界，非世界"，《金刚经》的句子总是提醒人类狭窄的画地自限。

一整年，原来认为很快会结束的疫病，延续了一整年，似乎还没有结束的迹象。许多城市、许多国家以为是他人的事，许多洲，觉得疫病离自己很远，满不在乎，很快就从幸灾乐祸中惊醒。

疫病不论贫富贵贱，疫病不分种族国家，疫病不管你的信仰党派，疫病寻找人，大意的人，傲慢的人，幸灾乐祸的人，自以为是的人，一一落入自己的陷阱。

心胸狭窄便是自己脚下陷阱。

疫病像一次神迹的开示，所有自以为是的、自作聪明的猜测都变成人类自己挖的陷阱。"变种"是什么？想到古老民族镌刻在石版上的第一条戒律：不可猜测你的神。

疫病仍然在最自大傲慢的区域如火如荼蔓延，像是要用更严峻的方式告诫人类：可以重新学习谦卑吗？如果一百万人的死亡还无法让人类警醒，还要有更巨大的苦厄在前面吗？

在急速来临的寒冷冰冻下，一朵山茶花含苞绽放了。我们可以重新理解一朵花斗寒绽放的意义吗？这样单纯，这样洁净无垢，这样沉默安静，这样谦逊内敛。

把一朵花作为功课，在人类历史困顿灾厄的一年的最后一天，祈愿自己有更深沉的学习与省思，有更广大虔诚的誓愿，为逝者哀悼，为罹病者祝福，为更多新生的无辜生命祝福。